TAKE
SHOBO

JN098726

暗殺人形は薄幸の新妻を溺愛する

孤独なひな鳥たちは蜜月にまどろむ

ちろりん

Illustration
なおやみか

蜜猫
Novels

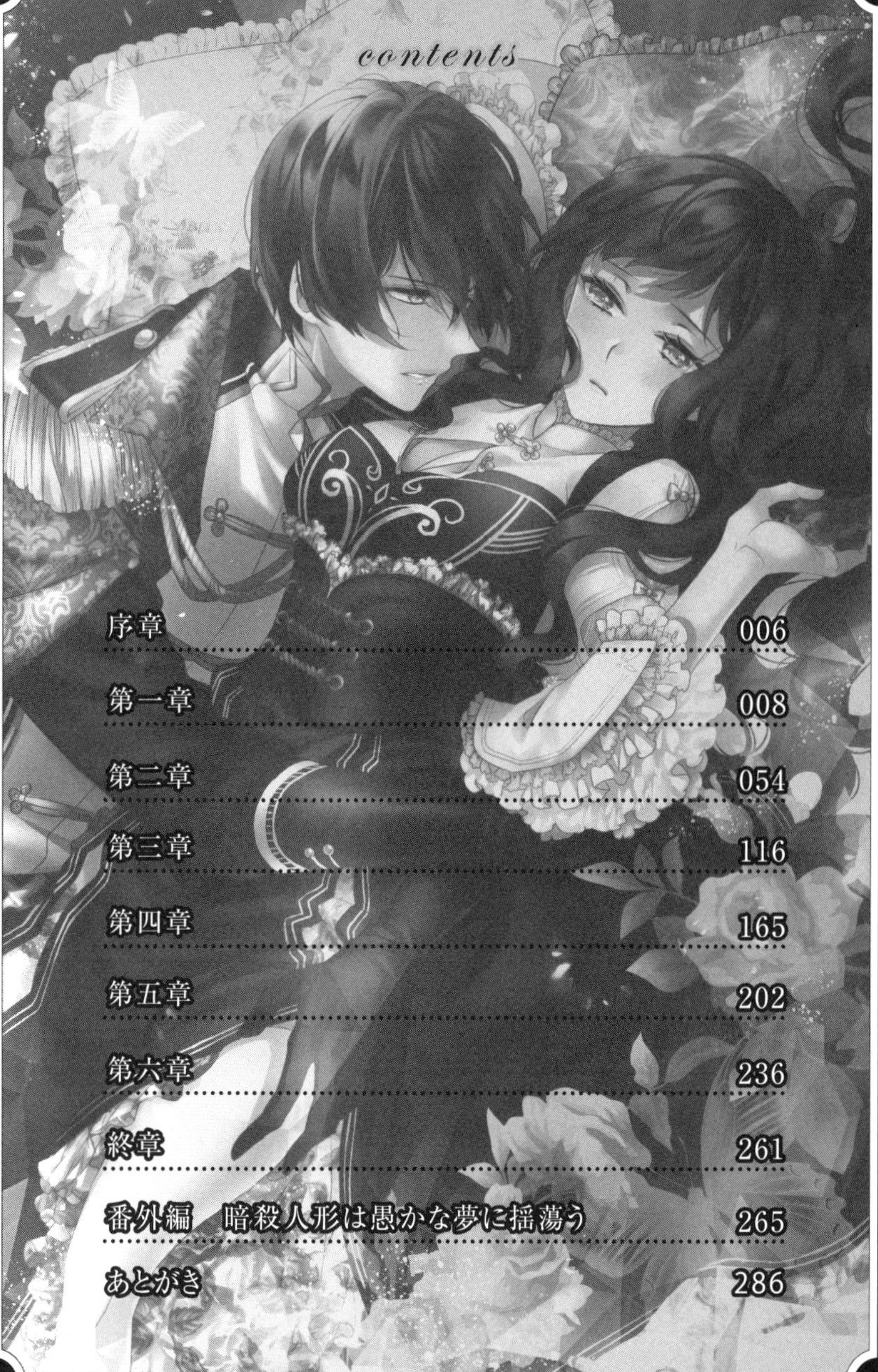

contents

イラスト／なおやみか

暗殺人形は薄幸の新妻を溺愛する

孤独なひな鳥たちは蜜月にまどろむ

序章

曇天《どんてん》から降り注ぐ雨が頬《ほお》を打ち、身体中から体温を押し流していくようだった。

身体が震え、唇も震え、末端の感覚がなくなっていく。

「……お……かあ……さま……」

掠《かす》れる声で呼び、大丈夫かと問いかける。けれども先ほどまで返ってきていた返事が聞こえてこなくて、再度母を呼んだ。もしかすると、雨の音で聞こえないのかもしれない。

「……だいじょう……ぶ……おかあ……さま……」

雨の音がうるさくてかなわない。きっとこの声も掻《か》き消《け》してしまっているのだろう。だから母は返事をしてくれないのだ。

少し離れたところで倒れている父もそうだ。雨の音がすべてを掻き消している。

「……だれか……おねがい……」

だから、この助けを求める声も聞こえない。何もかもが雨に奪われてしまう。

――――このまま、このまま……きっと。

そう絶望の淵《ふち》に立ったとき、微《かす》かに聞こえてきたのだ。救いの足音が。

生きたい。両親を救いたい。
その一心で、動かぬ体を叱咤《しった》し続ける。今動かなくてどうするのだと。
必死に手を伸ばし、生きようともがく。
そして、その手をしっかりと握り締めた。

第一章

「そろそろいいお相手が見つかるといいんだけどねぇ」

ここ最近よく言われる台詞《せりふ》だった。

母方の叔母がやってきて、まるで困ったものを見るかのような目で言ってくる。

そのたびにグレースは曖昧に微笑《ほほえ》み、『私を貰《もら》ってくださる奇特な方がいらっしゃればいいのですけれど』と返すしかない。どれほど嫁ぎたいと望んでも、相手の男性が見つからなければどうしようもない。

ましてや、疵物《きずもの》の女など誰が望もうか。

それを十分承知の上で気休めのように叔母は口癖のように言うのだ。グレースが置かれた境遇を不憫《ふびん》に思い、何とかしようとしてくれているのが分かるから胸が痛かった。

結局グレースの結婚相手を頑張って探しているがなかなか見つからないという話を延々として、叔母は帰っていった。次こそはいい話を持ってくるわと言ってはいたが期待はしていない。

叔母を玄関まで見送った後部屋に戻り、椅子に座って少し痛む足を擦った。今日は曇天のせいか古傷が痛んで、立っているのも辛い。処方されている痛み止めを飲んで安静にしていた方がいいだろう。

夕食までしばらく時間があるので、届いた郵便に目を落とす。すると、見慣れた印璽《いんじ》を見つけて、またお茶の誘いだろうかと封を開けてみれば案の定だった。指定された日は特に予定はないので、了承の手紙をしたためる。すぐに相手に届けるように使用人にお願いをした。

今日は早めに寝よう。久しぶりに外の人に会って疲れたようだ。

そう決めてグレースは窓の外を見る。いつの間にか小雨が降り始めていた。

『貴女《あなた》のご両親もこれじゃあ浮かばれないわ』

先ほど叔母がぽつりと漏らした言葉が蘇《よみがえ》る。それが徐々に頭の中に木霊《こだま》してきて、足の痛みが増してきた。

五年前に一人娘を残して天に召されてしまった両親の想《おも》いは、嫌というほど分かっていた。それほどまでに愛されていたと自負しているからだ。

雨の日は気持ちが沈む。土がぬかるむように、グレースの心もドロドロになってどこまでも堕《お》ちていくようだ。静寂が孤独を呼び、孤独がこの心を蝕《むしば》む。

伴侶が見つからないのであれば、それはそれで仕方がない。父が残した伯爵位は国に領地と共に返上するか、それか養子をとって引き継がせるか。いずれにしろ、変に結婚を焦って碌《ろく》でもない連中に家名を穢《けが》されるよりは幾分かマシだろう。

きっと今の自分にはそれしか望めないのが現実だ。

そうは思えど、すでに失くした家族のぬくもりに飢えている自分がいる。

それにそっと蓋を閉じるように目を閉じた。

◇◇◇

お茶会の約束の日、ここ数日の雨模様が嘘《うそ》のように晴れた。蒼天《そうてん》が広がり、日差しも温かい。

馬車に乗るときは、小窓から町の様子を眺めることを楽しみにしていた。目的地に辿《たど》り着くまでのしばしの時間、縁どられた世の中の動きを鑑賞する観客のような気分になる。

数年前、政情不安で荒《すさ》んでいた頃とは打って変わって活気づいた町。浮浪者の数も減り、皆思い思いに物を売り、買い、そして笑い合って話している。

建物が増えたとか、店が変わったとか些細《ささい》な変化を見つけては、いつもは見られない景色を楽しんでいた。屋敷に引《ひ》き篭《こ》もりっぱなしで滅多《めった》に外に出ないグレースの、外に触れられる貴重な時間でもある。

けれども、外界は目まぐるしく変わっていくというのに、グレースは取り残されているような気分にもなる。

争いが終わっても、時が止まったまま動けずにいるのだ。

神の息吹が吹く国、ザンヴィアトートではかつて、熾烈《しれつ》な権力争いがあった。王位継承権を巡って政局が二分し、国民を巻き込んで長く争っていたのだ。

元々は正妃よりも側妃が先に男児を産んだことから端を発したものだった。生まれた順を優先させるか、それとも産みの母の立場を尊重するか。それを明確に示さなかった先王の曖昧さは争いを助長させた。

さらに厄介だったのが、他国から嫁いできたためにずっと後ろ盾がなく一歩退いていた正妃が、宰相を味方につけたのだ。その頃、先王は体調を崩し政治の一切を宰相に任せていた。

それに対抗したのが側妃の父であるカーマイン公爵だ。純血を重んじ、自分の孫こそが正当なザンヴィアトートの王に相応《ふさわ》しいと公言し始めたのだ。

のちに先王が崩御されて一気に過熱した政権争いは、結局側妃派が勝利を収めた。

決定打は側妃の息子である第一王子・ディアークの蜂起だった。一時は正妃派に毒を盛られ静養を理由に僻地《へきち》に追いやられた彼だが、そこで密《ひそ》かに兵を集めていた。さらにカーマイン公爵が暗躍して徐々に正妃派の力を削《そ》いでいたことも大きかったのだろう。

ようやく終わりを見せたのが、今から三年前のことだ。

ともあれ、長い時を経て落ち着きを取り戻した国は、再興と発展を目指して邁進《まいしん》している。

その中心となっているディアーク・マルクト・ザンヴィアクトレイが今回、グレースをお茶会に誘った相手だ。正確には彼の妻のアウネーテの名前で誘われたのだが、おそらく用事があるのはディアークの方だろう。定期的に呼び出しては近況を聞いてくる。

それはそれでいい気分転換になるのでいいのだが、一方であらぬ憶測を呼ぶから考えものだ。いくらアウネーテが招いているのだと言っても、その場にディアークがいれば邪推する輩《やから》はいる。

幼馴染《おさななじみ》で家族のようなものだと本人たちは周りに示そうとも、そういう噂《うわさ》は面白い方へと勝手に転がっていくものだ。

それでもお茶会に応じるのは、相手が王である以上拒否することは難しいことと、ディアークが独り身のグレースを心配していることを知っているからだ。

それに、彼がグレースに負い目を感じているのも知っていた。きっと何かせずにはいられないのだろう。

城の前に馬車が停《と》まり馭者《ぎよしや》が扉を開く。さて、今日はどんな話が二人から聞けるのだろうと、心を弾ませながら扉の向こうに目を向けると、そこには一人の男が立っていた。グレースはそれに思わず『ひっ』と小さく悲鳴を上げて壁に縋《すが》りつく。

見知らぬ男が馬車の外で待っている。それは彼女にとって、とても恐ろしい光景だった。

「お待ちしておりました、グレース・アンバー・ガーラント伯爵令嬢。私は、ディアーク陛下の側近の一人でありますユージーン・シュミットです。王の命により、本日は私がお迎えに上がりました」

「……ディアークの……側近？」

いただろうか、こんな人。彼の側近の顔なら知っている。二人いて、どちらも王の政務の補佐と護衛を兼ねている。

「見たことのない顔だわ」

信じられないときっぱりと突っぱねると、彼は顔色も変えずに言葉を返してくる。

「当然です。私はディアーク様の命令で先日まで地方を飛び回っていましたから。帰還し、側近に召し上げられました。もしも心配でありましたら、他の者を寄越《よこ》しますが」

そう言えば以前、ディアークが各地の争いの余燼《よじん》を消すために人を向かわせているという話を聞いた覚えがある。あのときは、決着から三年近く経《た》っているのに大変なことだと暢気《のんき》に聞いていたが、それはこの人のことかもしれないと気が付いた。

「ちなみに貴女の命を狙っても私に利点はありませんし、私はディアーク様に絶対的な忠誠を誓っている身です。そのような不埒《ふらち》な真似《まね》をするくらいなら、自分の喉笛を掻っ切った方が遥《はる》かにましですから」

「そ、そう……」

迷いが一切ないその言葉にグレースは戸惑いながら、そこまで言われたら信用するしかないと『分かりました』と納得の姿勢を見せた。

すると、彼は馬車の方へ一歩近づいてくる。

「ご事情はディアーク様の方から聞いております」

大抵の人は、グレースの事情を聞くと憐憫《れんびん》の眼差《まなざ》しを向けるものだが、ユージーンにはそれがまったく見えなかった。それが逆に小気味いいというか、心地いい。

ゆっくりと馬車を降りようとする。すると彼は両手をこちらに伸ばして、グレースの両脇に手を差しこんできた。

「失礼」

そう一言だけ告げると、まるで赤子を抱き上げるようにグレースの身体を持ち上げてくる。心もとない浮遊感に怯《おび》え『きゃっ』と思わず声を上げてしまったが、次の瞬間には丁寧に地面に下ろされた。

ユージーンのあまりの唐突で不躾《ぶしつけ》な行動にしばし呆然《ぼうぜん》としていたのだが、徐々に恥ずかしさがこみ上げてきて彼を睨《にら》み付ける。顔が真っ赤に染まって酷《ひど》い顔をしていることは自覚していた。

だが、彼はシレっとした顔をしている。

「すいません。こちらの方が効率的かと」

「そ、そうだとしても、何か一言くらい言ってくれても！」

「ですから、『失礼』と」

「その前に！　抱き上げて下ろしていいかの確認が必要ではなくて？」

「そうでしたか。申し訳ありません。次回からは気を付けます」

懸命にユージーンの行いは失礼に当たると説明しても彼はどこ吹く風で、さして気にした様子もない。グレースはそれに拍子抜けしてしまって、それ以上説くのを止めた。徒労に終わる予感しかなかったからだ。

「よろしければどうぞお掴《つか》まりください」

だが、少しは響いていたのか、今度は事前にお伺いを立ててくれる。グレースは、その誘いに素直に応じて、差し出された腕に手を回した。

「よろしくお願いします」

挨拶をすると、ユージーンは無言で小さく頭を下げて一緒に歩き始めた。

グレースは五年前に負った怪我《けが》が原因で、左足が上手《うま》く動かせない。馬車の転落事故に遭い、命は助かったものの左足の膝から踝《くるぶし》にかけて大きな傷ができた、その後遺症が残ってしまったのだ。

事故で両親は亡くなり、天涯孤独となってしまった。

後ろ盾をなくし、たった一人になった娘。しかも身体に大きな傷があり、歩行困難となると嫁の貰《もら》い手はなかなか出てこない。もう二十三にもなるのに、嫁ぎ遅れている原因はそこにあった。社交界に出ようにもこれでは難しいし、よしんば出れたとしても奇異の目で見られて避けられて終わるだろう。

だからグレースは日がな一日屋敷に閉《と》じ篭《こも》っていることが多い。閉塞的な世界にいるのは楽だし安心を得られた。

「速さは問題ありませんか?」

「ええ。大丈夫です」

上手く歩調を合わせてくれている。少し変わっているけれど、気遣いがある人だと分かって少しホッとした。

ユージーンは表情が乏しく、何を考えているか読めないのだ。まるで顔に仮面を貼り付けているかのように、顔の筋肉が動かない。その無機質さに怯えていた部分もあった。

容姿だけならば凄《すご》く好みだ。あんな出会い方でなければ、うっかり一目惚《ひとめぼ》れしてしまっていただろう。今も黙って並んで歩いているだけで、まるで小娘のように恥じらってしまう。

いわゆる美青年と言っていいほどに顔が整っているユージーンは、少し幼さが残る顔立ちをしている。もしかするとグレースよりも年下かもしれない。

耳にかかるくらいまで伸ばされたアッシュブラウンの髪はまるで猫のようで、触ったら柔らかそうだ。琥珀色《こはくいろ》の瞳が涼やかで、よくよく見ると睫毛《まつげ》が長い。ともすれば、二・三年前までは女性に間違えられたであろう、中性的な顔。一言で言えば、綺麗《きれい》だ。

けれども、やはり大人の男なのだと実感するのは、その体躯《たいく》に逞《たくま》しさを感じるからだ。服の上からは筋肉質には見えないものの、背の高さや手の大きさ、胸板の厚さがグレースとはまったく違う。随所に男を感じてドキドキしてしまう。

それはディアークに感じたことのないときめき。

（舞い上がるだけムダね。どうせ縁のない話よ）

自分の中で盛り上がりそうだった気持ちを無理矢理押し潰して、グレースは彼から目を逸《そ》らした。ところが、今度はユージーンの方が視線を寄せてくる。

「何か、言いたいことが？」

「ごめんなさい、不躾だったわね。特にないの。ただ、初対面だから、どんな人か知りたくて」

「そうですか」

素っ気ない返事を寄越したきり、彼はまた視線を前へと向けた。それから会話はなく、気まずい雰囲気が流れる。だが、気まずいと思っているのはグレースだけで、彼はそんな素振りは微塵《みじん》も見せない。こちらから話しかけようかとも考えたが、盛り上げる自信もなかった。

部屋まであと少し距離があるが、早く辿《たど》り着いてくれないかと気持ちが急《せ》く。できればこの如何《いかん》ともしがたい空気をどうにかしたい。

そう願い続けてようやく辿り着いた部屋は、いつものお茶会の場所だ。ユージーンがノックをすると、間髪入れずに扉が開いた。

「グレースお姉様！」

部屋の中からひょっこりと可愛《かわい》らしい顔を出して、笑顔を見せたのはアウネーテだ。グレースに久しぶりに会えたことを喜び、手を繋《つな》いできた。

「ご無沙汰しておりました、アウネーテ様」

「本当にお久しぶり！　もっと早くお茶に誘いたかったのだけれど、儀式やら何やらで忙しくて。ごめんなさい」

眉尻を落として申し訳なさそうにするアウネーテに、グレースは首を横に振る。まだ十五歳と年若い彼女がそんな顔をすると、親に叱られた子どものように見える。労わるように『会いたかったです』と言うと、アウネーテは照れた顔を見せてきた。

「よく来たな、グレース。ユージーンも出迎えご苦労」

部屋の奥から聞こえてきた声の方に視線を向けると、ソファーのいつもの場所にディアークが座っていた。早く入っておいでと手招いている。

「元気そうね、ディアーク」

「そうだな、最近は忙しかった割に調子がいい。お前はどうだ？」

「私は相変わらずよ」

ユージーンに替わってアウネーテがグレースをエスコートして、椅子に座らせてくれる。アウネーテにお礼を言うと、彼女は嬉《うれ》しそうな顔をしてディアークの隣に座る。ユージーンは二人から少し離れた後方、扉付近に立っていた。

侍女がやってきて、お茶を淹《い》れてくれる。もうグレースの好みの茶葉やお菓子などは把握済みで、いつ来ても舌鼓打つものしか出てこない。それだけ、グレースがここに来ているという証拠《しょうこ》でもあった。

「二人とももう落ち着いたの？　ディアークの即位三周年の儀式に、結婚四年目のお祝いに。何かと盛り沢山だったでしょう？」

「そうなのよ！　もうディアーク様のお身体が心配で心配で。それなのに大丈夫って言って無理ばっかりなさるから……。もう！　グレースお姉様も何か言ってくださいっ！」

「悪かった。悪かったよアウネーテ。そんなに言ってくれるな。だが、本当に調子が良かったんだ。だから、私も倒れたりしなかっただろう？」

興奮してディアークをポカポカ叩《たた》くアウネーテに、笑いながら謝っている姿を見ると本当に調子が良さそうだ。彼もまた、政権争いの後遺症に苦しむ一人だから、皆が心配していたのだ。

ディアークが九歳のときだと聞いている。食事に毒を混ぜられて、数日間生死を彷徨《さまよ》った。命は繋ぎとめても、毒の影響で無理の利かない身体になってしまい、王家の別荘があるガーランドにやってきた。そのとき、グレースは彼と知り合い、今日までこうやって付き合いを続けている。

そこから祖父であるカーマイン公爵と共に正妃派を討つために、政略結婚をしたのがアウネーテだ。国の実力者の一人であるマスカーナ侯爵の娘で、彼女と結婚することにより強固な後ろ盾を得た。

そのとき、まだアウネーテは十一歳だった。その早すぎる結婚と十という歳の差に、世間は口さがなく噂をしたが、案外仲良くやっているようだ。夫というよりは兄に近い形で慕っているのかもしれない。

彼と幼馴染のグレースを『お姉様』と呼ぶのもその延長線だろう。その地位に高慢になることなく、親しげに接してくれている。

結婚してから一年は正妃派を討つべく奔走するディアークを、アウネーテはよく支えていた。ようやく三年前に戴冠し安堵《あんど》したかと思えば、また行事が目白押しだったようだ。

変わりない二人の仲に微笑みながら、グレースは安堵する。二人の絆《きずな》が深まっているのが目に見えて分かるからだ。ディアークが幸せを得られて、グレースも嬉しい。

「どうだ？　縁談はまとまりそうか？　お前の叔母が頑張っているらしいが」

「残念ながら名乗り上げてくれる奇特な人はこの国にはいなさそうよ。叔母様にも申し訳ないわ。こんな身体でなければ、今頃候補の一人や二人出ていたはずなのにね」

最初から無遠慮な話であるように思えるが、ディアークの一番の気がかりはそこなのだ。家族を失ったグレースに、もう一度家族をと願ってやまない。

それは自分のせいでグレースが天涯孤独になったと思っているからだろう。ディアークのせいじゃないと言っても、きっと彼の中の自責の念はグレースの幸せでしか拭えない。

「好いた男は……屋敷に引き籠もっているお前にそんな出会いはないか」

「悪かったわね」

聞くまでもなかったなという感じで言われてしまうと、たとえ図星だとしてもムッとしてしまう。

まぁ、先ほどはユージーンにうっかりときめいてしまったが。それ以外は悲しいくらいに出会いもときめきも何もない。

「そこでだ、お前に縁談を持ってきた」

「縁談？」

何をそんな馬鹿なことをと笑い飛ばそうとしたが、ディアークの顔を見るに本気のようだ。静かにこちらを見て頷《うなず》く。隣にいるアウネーテも、これから楽しいことが起きるのを心待ちしているかのように目を輝かせていた。

「……本当に？　先方が私との結婚を望んでいるの？」

「あぁ、そうだ。なぁ？　ユージーン」

「はい」

ディアークに名前を呼ばれたユージーンは、それを肯定し一歩前に進み出る。グレースは目を丸くして、彼の顔をじぃっと見つめた。

「ま、まさか、ユージーンさんが？」

「あぁ、そうだ」

驚きのあまり椅子から転げ落ちると思った。まさか、ユージーンが名乗りを上げていたなんて思いもしない。ユージーンほどの美男子で地位もある男性なら、こんな二十三の薹《とう》の立った女をわざわざ選ばなくても、もっといい縁談はあっただろうに。何故《なぜ》グレースにと、疑問が次から次へと押し寄せてくる。

ただ分かるのは、きっとディアークがユージーンにこの縁談を押し付けたということだ。そうでなければ、初対面のグレースとの結婚を望むはずがない。

「……ディアーク、地位を利用して私を彼に押し付けようとしないで」

「とんだ言いがかりだ。ちゃんとこれには理由がある」

ディアークはユージーンを手招いて近くに寄せる。グレースの傍《かたわ》らに立った彼は、こちらに小さく頭を下げた。

「元々ユージーンは、『マルクトの盾』の一人だ」

久しく聞いていなかったその名前に、グレースの心臓はドクリと嫌な音を立ててうねりを上げる。苦い記憶が甦《よみがえ》って、左の太腿《ふともも》の部分のスカートをギュッと握り締めた。

ディアークの祖父のカーマイン公爵は、娘が側妃となり男児を産んだときから密かに準備をしていたらしい。ディアークを王に擁立して、何が何でも王家の純血を守るのだと誓っていたのだ。

だが、そのためには正妃とその息子が邪魔をする。いずれは諍《いさか》いになるだろうと見越したカーマイン公爵は、その手助けになるような人材を育てるべく、孤児を引き取り兵士として育てた。

それが『マルクトの盾』だ。

その名の通り、身体の弱いディアークを守る盾となるようにと育てられた人間。カーマイン公爵とディアークの言葉には絶対に服従で、命令を遂行するためならば人殺しをも厭《いと》わないのだと聞いたことがある。

そんな残酷な面を持つ一方、彼らはいわゆるディアーク勝利の功労者でもあった。その冷酷無比さをもって邪魔者を容赦なく排除してきたのだ。人知れず、闇の中で。

徐々に力を削がれていった正妃派は最終的には宰相と正妃が一緒に自刃したことにより一気に衰退していった。

それから三年。カーマイン公爵が他界し、行き場を失ったユージーンをディアークが拾って自分の部下として置いているらしい。争いのためではなく、今度は平和な国をつくるために力になってほしいと。

「最近まで各地に飛び回って正妃派の残党の捜索と、情勢の視察を極秘裏に頼んでいたんだが、それがようやく終わってな。今度は俺の側で護衛兼政務補助をお願いしたいところなんだが……」

「なるほど、今度は彼の身分が問題になるのね。たしか、名前を『シュミット』と名乗っていたけれど、仮の姓なのでしょう？　家名も何も持たない人間が、突如として王の側近となれば内外から顰蹙《ひんしゅく》を買うでしょうね」

『シュミット』は、言うなれば姓の分からない人に付けられる仮名だ。孤児であれど名前はあったようだが、姓はなかったのだろう。だからとりあえず今は『シュミット』と名乗っているということかと、腑《ふ》に落ちた。

そして、何故グレースに彼との縁談を持ちかけたのか見えた気がした。

「さすがだな。まさにその通りで、ユージーンを側に置くには身分の保証が必要だ。特に貴族の家名」

「それで伯爵家の娘で、かつ未婚の私に白羽の矢が立ったのね。たしかにそれは合理的だわ」

「もちろん、合理的な面ばかりで決めたわけではない。信頼している部下を、信頼している友人に託したいという私の個人的な思いも含まれている」

王としての判断だけではなく、個人的な願いだと受け取ってほしい。その言葉を果たして素直に受け取っていいものか、すぐに判断はできなかった。

卑屈になるつもりはないが、それでもグレースが抱えるものはこれから国のために活躍していくであろうユージーンには重荷になる可能性が高い。社交界にも進出していくのだろう。そのとき、悪意に塗れた言葉で彼を攻撃する人間が出てくるかもしれない。

地位のために疵物《きずもの》の女を娶《めと》った男だと。

「私ね、二人はとてもお似合いだと思うの！　ユージーンはちょっと朴念仁？　とでも言うのかしら……ちょっと愛想がないのだけれど、根はいい人なのよ？　強いし力持ちだし、ほ、ほら顔もいいし！　えっと、えっとそれから……」

アウネーテもこの縁談には賛成のようで、懸命にユージーンのアピールポイントを出そうとしている。やはり平時でも不愛想なのだと気付かされただけで、他に納得できる点がないことが悲しいけれど。だが、彼女の熱意はヒシヒシと伝わってきた。

「……あの、ユージーンさんと二人で話をしても？」

「もちろんだ」

グレースがそう切り出すと、ディアークとアウネーテは快く了承してくれた。ユージーンにも伺うように視線を向けると『構いません』と頷く。

「話し合いが終わったら返事を聞かせてくれ。できれば一日も早く、ユージーンを表に出したい」

最後にしっかりプレッシャーをかけて、ディアークは部屋を出て行く。アウネーテも、『頑張って！』と何の応援か分からない応援を残して去っていった。

とにかく、横に立たれたままでは話しづらいので、ソファーに座るように促した。できれば、こういう大事な話はしっかりと顔を突き合わせて、腰を据えて話したい。

さて、何から話すべきかと頭の中で話を整理していると、意外なことにユージーンの方から切り出してきた。

「私では力不足でしょうか」

まるで自分に非があるから、話し合いの席が持たれたのだとでも言うように。

これには、グレースははっきりと首を横に振る。

「違います。そうじゃないの。ただ、事前に確認をしておきたくて。結婚してからでは知らなかったでは済まないでしょう？」

「分かりました」

「知っての通り、私には足に大きな傷があります。足を引きずってしまうほどの大きくて醜い傷が。妻の身体にそんなものがあったら、おぞましく思えるかも」

「傷なら私の身体にも数えきれないほどあります」

「でも、男と女とでは受け取られ方が……」

そこまで言いかけてようやく気が付いた。彼は本気でグレースの身体に傷があることも、歩行が困難であることも気にしていない様子だ。むしろ何をそんなに気にしているのかと、不思議そうにこちらを見て眉を顰《ひそ》めている。

マルクトの盾で裏の世界にいたのであれば、社交界の事情などに疎いのかもしれない。ましてや彼は、貴族社会がどんなものか知らないからそんな暢気《のんき》な態度なのかもしれないと思い直す。

なので、グレースはこと細かに話すことにした。社交界とはどういうところなのか、グレースのような人がどう見られるか。そんなグレースを妻にした場合、ユージーンも悪し様《あざま》に言われる可能性が高いと。

だが、一通り話を聞いてもユージーンの態度は微塵も変わらなかった。恐《おそ》れ戦《おのの》いた様子も見せなければ、後ろ向きな発言もない。

「そうですか」

その一言で終わらせて、さしたる問題ではないと切り捨てた。

「他には何か？」

「あの、私、多分貴方《あなた》より年上だと思う」

「さしたる問題ではないと思います」

「そう……」

何も知らないままグレースと結婚してしまったユージーンに、がっかりされたくない。そう思っての確認だったのだが、彼はすべてに問題ないと答えてきた。

それでも迷いはある。本当にこのまま結婚しても、ユージーンの重荷にならないかと。

期待を持つだけ持って、互いに失望して悲惨な結婚生活を送りたくないと願っている自分がいる。それだけ傷のせいで結婚を断られてきたし、そのたびに自分に失望したのだ。

「グレース様、ここは割り切りませんか？　互いに利点を求めて結婚するのだと。貴女は世間体のために結婚したい、私は陛下の側に侍《はべ》るために家名が欲しい。それに付随する損害ばかりに目を向けていたら、成せるものも成せないのでは？　害になると判断したときに対処すればいいことです」

だが、ユージーンははっきりと言う。これは政略的な結婚なのだから、害などは二の次なのだと。そう難しく考えるなと。

「……それは何かあったとき、家族として乗り越えていきましょうってこと？」

「え？　あぁ……まぁ、そうなりますか」

少し歯切れの悪い返事なのが気にかかるが、その提案には悪い気がしなかった。互いを何も知らないまま結婚しても、一緒に壁を乗り越えてくれるのであればこれ以上望むことはない。

家族を作ろうとしてくれているなら、それがマイナスからのスタートであったとしても構わない。むしろマイナスをプラスにできる喜びが出てくるというものだ。

いろいろ迷いはしたが、グレースは結婚を承諾した。

こんな見目麗しい人が夫になるだなんて、夢みたいだ。

必死に隠してはいるがようやく結婚相手が見つかったことに舞い上がっているし、さらにその相手がユージーンであることは幸運としか言いようがない。

彼のちょっと不愛想なところや、社交界に疎い部分は追々話し合っていくとして、今はその喜びを存分に噛《か》み締《し》めたい。

「よろしくお願いします、ユージーンさん」

「こちらこそ、どうぞよろしくお願いします」

話がまとまったので、ユージーンがディアークたちを呼びに行くと、最初にアウネーテがこちらに飛びついてきて祝福の言葉をくれた。続いてディアークも部屋の中に入ってくる。

その代わりにユージーンの姿が見えなかったので聞いてみると、ディアークが『彼には席を外してもらった』と答えた。どうやらユージーン抜きでの話をしたいらしい。

再び二人はソファーに座る。

「承諾してくれてありがとう、グレース。よかったよ、上手くまとまって。もしも断るのであれば、王として命を出すところだった」

「何よ……最初から断らせる気なかったんじゃない」

「言っただろう。ユージーンを任せられるのはグレースしかいないし、グレースを任せられるのもまたユージーンしかいないと。俺の勘には間違いないよ。お前らはきっといい夫婦になれる」

勘とはまた不確かなものを引き合いに出してくれたものだと、グレースは肩を竦《すく》めた。

「ただ、懸念事項はいくつかある」

真面目な顔をして言ってくるディアークに、グレースも心得ていると頷いた。

「ユージーンさんの社交界の疎さかしら？　社交界というより、この社会と言った方がいいかしら。世情というか、人の機微には鈍感と言うか……」

「まぁ、そこも心配の種ではあるが、そこは処世術を教えていけば問題ないだろう。呑《の》み込みは早い。それよりも俺が危惧していることは、ユージーンの本質だ」

途端にディアークの眉間に皺《しわ》が刻み込まれた。

「それは彼の生い立ちにあるのかしら」

多かれ少なかれ、裏世界に身を置いていたものが何かしらの問題を抱えているのは安易に想像できた。カーマイン公爵に命ぜられて汚い仕事に手を染めてきていただろう。それが幼少期からならばなおさらだ。

ユージーンと少し話した限りではそういう面はあまり見えなかったが、ディアークが敢《あ》えて彼を追い払ってでもグレースに話したい、隠された本質があるのか。

「ユージーンは良くも悪くも俺に忠実だ。そうであるように祖父に叩《たた》き込まれたし、そうでなければ生きてはいけなかった。俺のために命を投げ出す駒である。それがマルクトの盾の存在意義だったからだ」

「聞けば聞くほど、公爵様のなされたことは罪ね」

それが諍いの中では有効な手だとしても、身寄りのない子供たちがその犠牲になっていたのだと聞かされると胸が痛む。

ディアークもまた、その罪悪感に苦しんでいるのだ。自分の祖父が自分のために暗躍《あんやく》部隊を作っていたなんて、蜂起する直前まで知らされていなかった。『お前の駒だ』とカーマイン公爵に紹介された彼の気持ちを思うと、遣《や》る瀬《せ》ない。

「できれば、お前があいつにそれ以外の存在意義を与えてやってほしい。自分のために生きる喜びを。暗闇を歩くのではなく、陽《ひ》の下を誰かと共に歩く楽しさを。……俺がそう言ったとしても、命令としか取られないからな」

寂しそうに声を落とすディアークの手を、アウネーテが優しく握る。

「これで、お前の両親にも少しは報いられるだろうか……」

「馬鹿ね。あの二人は、そんなことちっとも考えていないわよ」

グレースもまた彼を言葉で慰めるも、悲痛に歪《ゆが》んだ顔は晴れない。

あの日、五年前。雨が降りしきる中、ゆっくりと走る馬車の前に男が飛び出してきて馬車の行く手を塞いだ。それを合図に四方からならず者たちが湧き出てきて、馬車を囲んだのだ。

馭者は咄嗟《とっさ》の判断で馬を走らせた。ならず者の中に帯刀していた者を見つけ、乗り込まれる前に振り切ろうとしたのだろう。

ところが運悪く、山道の途中で馬が泥に足をとられて滑り、客車部分が振り回された。車輪が道から逸れ、そのまま崖を転がり落ちていったのだ。

父と母は地面に叩きつけられ血を流し、グレースは潰れてしまった客車と、崩れてきた土砂に足を挟まれて動けなくなり、助けが来るまでひたすら雨に打たれ続けた。

次に目覚めたときはベッドの上で、助け出された後だった。事故当時の記憶は曖昧でよく覚えていない。

あのならず者たちは最初は野盗だと思われていたが、のちに正妃派の差し金だと分かった。ディアークと親しくしている者を見せしめに殺し、彼の意思を挫《くじ》く目論見があったらしい。それを知ったディアークは、ずっと自分のせいだと思っているのだ。今も罪の意識に苛まれている。

グレースは何度もそれは違うと首を横に振ったが、一度染み付いた罪の意識は言葉一つでは拭えないのだろう。

グレースを守り幸せを見届ける。ディアークが、両親とそして怪我を負ったグレースにできることだと思っているのだ。

「ありがとう、ディアーク。貴方がもう心配する必要もないくらいに、幸せな家族を作ってみせるから。もう二度と、そんな顔できないくらいにね」

過去の争いに囚《とら》われるのはもうおしまいにしよう。そう何度も思ってきた。だから、これはディアークがくれた千載一遇《せんざいいちぐう》の機会。グレースだけではなく、ディアークも、そしてユージーンも。共に先に進むための結婚になるのだろう。

「……どうしましょう……お姉様の言葉に感動して私が泣きそうよ……」

感極まったアウネーテが涙ぐみ始めたので、ディアークは慌ててハンカチを彼女に差し出し慰めた。彼女もまた、グレースを不憫に思い応援し続けてくれた人だ。

「お姉様ぁ～……幸せに……幸せになってぇ」

わんわん泣きながらそう言ってくれるアウネーテを、ディアークと二人で微笑ましく思いながら宥《なだ》めた。

グレースは幸せにならなければならない。自分のために、グレースの幸せを願う優しき人たちのために。今ほどそう思うときはなかった。

果たしてグレースとユージーンの婚約が、王であるディアークの目の前でなされた。結婚の許可証はその場で貰い、あとは教会で誓いの式をあげるだけで二人は夫婦となる。

さすがに一朝一夕で式の準備は難しいので、七日後に挙式をする手筈《てはず》を整えた。まずは叔母に結婚の報告をして、屋敷もユージーンを出迎えられるように模様替えもした。

式のドレスは元々母の花嫁衣裳《いしょう》を着るつもりでいたので、サイズの調整をすればいい。ユージーンの方でも衣装など準備をして当日やって来るらしいので、とりあえずは自分のことに集中した。

叔母は突然の結婚に随分と驚いていたが、ディアークの紹介だと話すととても喜んだ。『誉《ほまれ》なことね』と涙ぐみ、これで天にいる両親が喜ぶと。

ついに結婚式当日を迎えたグレースは、純白の花嫁衣装に身を包み神の前で誓いを立てた。ユージーンと病めるときも健やかなるときも共に生きると。隣に並ぶ彼も同じ誓いを立てて、その証の口づけも交わしたのだ。

二人の誓いの証人は、ディアークとアウネーテ、そしてユージーンと同じ側近の二人。グレースの方は叔母夫婦が見届けてくれ、実にひっそりとした結婚式だった。

それとは対照的に、ユージーンはどんな場面でも無表情で、誓いのキスの際も何の感情も映さない顔で近づいてきたので、内心動揺していた。感情豊かな人ではないとは分かってはいるが、それでも二人の未来を決定づける一瞬を、そんなあっさり終わらせていいものなのかと思ったのだ。

これから一緒に暮らして夫婦らしいことをしていけば、ユージーンも何かしらの表情を見せてくれるかもしれない。今はただ、互いの利益を追った結婚としか思っていないのだろうけれど、結婚したのであればグレースはただそれだけの関係では終わりたくない。

彼も言っていたではないか。何かあれば二人で乗り越えていきましょうと。

式が終われば今夜は初夜だ。心臓が口から飛び出してしまいそうなほどに緊張しているが、それでも夫婦になるためには必要な儀式なので、すべてをユージーンに委ねる気持ちでいた。

使用人が用意してくれた夜着も、芳醇《ほうじゅん》な香りがする香油も、すべてがいかにも『どうぞお好きにしてください』と言っているように思えて恥ずかしかった。

だが、やはりどうしても気になってしまうのは足の傷だ。使用人は気を遣ってロングスカートの夜着を用意してくれたので、一見傷がどこにあるか分からないだろう。あとは閨《ねや》のときは部屋を暗くするらしいので、目には見えないはずだ。

けれども、どうしても気にしてしまう。椅子に座りスカートをたくし上げて、脚に残る切り裂かれた痕《あと》を見つめた。深く刻まれていて、皮膚が再生したために歪《いびつ》に引き攣《つ》れている部分もあって、ときおり自分でも見るに堪えなくなる。

ユージーンは、傷を気にしないと言っていた。自分にも数多《あまた》の傷があると。

それでも、もしもこの脚を見て気持ちが萎えてしまったらと考えると、不安で仕方がなかった。それを解消するために保湿用のクリームを脚に擦り込む。薄まるはずがないのに、少しでもこの傷が目立たないようにと願って。

身体の準備と、そして心の準備も整えて、グレースは己を奮い立たせるように椅子から立ち上がった。廊下に出て、ゆっくりと寝室へと向かう。

廊下には手すりがついてあって、脚を悪くしたグレースのために使用人たちが取りつけてくれた。おかげで屋敷の中は人の手を借りずとも苦労せずに歩ける。寝室へ向かう足も、いつもより軽い。

寝室の扉の前に立ち、うるさいほどに脈打つ心臓を鎮めるように胸に手を当てた。

(――きっと大丈夫。ちゃんと神の前で誓いを立てて、夫婦になったのだもの)

ユージーンとのことだってきっと大丈夫。ちゃんと家族になれる。共に手を取り合って、思いやり合って尊重し合い、笑って過ごせるそんな夫婦に。

グレースは願いを胸に扉をノックした。中から声が聞こえてきて、ゆっくりと開ける。

「……お、お待たせしました、ユージーンさん」

気恥ずかしくて、グレースは真っ赤な顔を隠すように俯《うつむ》いた。こうやって夜の寝室に二人でいるという状況を、過剰なまでに意識してしまっている。

カウチに座っていたユージーンは腰を上げてこちらにやってきて、手を差し出してきた。さすがに今回はいきなり抱き上げたりはしないようで、ホッとしながらその手を取る。少しだけロマンチックに横抱きをされるのを期待していたのだが、そんなおこがましいことは言えなかった。

ゆっくりと誘導されてベッドへと行く。初めて会った日も、こうやって城の廊下を一緒に歩いたことを思い出して、グレースは感慨深くなった。まさか夫婦になろうとはそのときの自分は思いもしなかっただろう。頭の中を過《よ》ぎっていても、それをすぐに消し去って『思い描いても無駄な夢』と打ち捨てていた。

だが、もう夢ではない。今夜、グレースはユージーンのものとなる。

ベッドの縁に座って、目の前に立つ彼を見上げる。

これからどう一緒にベッドに入るのだろう。先に部屋を暗くするのだろうか。それとも服を脱がせてから？　そのとき自分はどうすればいいのだろう。すべてユージーンに任せればいいと思っていたが、いざそのときになるといろんなことが気になって仕方がない。

「……あの、ユージーンさん」

どうしましょう？　と思い切って聞いてしまおうと口を開くと、彼は何故かこちらに向けてお辞儀をしていた。これから頂戴いたしますという挨拶だろうかとドキドキしていると、ユージーンの口からとんでもない言葉が出てきた。

「本日はお疲れさまでした。どうぞゆっくりお休みになってくださいませ。それでは、おやすみなさいませ」

「――え？」

それは思ってもいない、今日の労《ねぎら》いの言葉と就寝の挨拶だった。

もしかしてそういう挨拶などはきっちりしておきたい人なのかと、驚きながら『おやすみなさい』と返すと、彼はコクリと頷いて扉の方へと向かって行く。

その姿に、グレースは思わず声を出す。

「……は？　え？　嘘でしょう？　どういうこと？」

何故自分の夫が初夜も済ませずに寝室を去っていくのか意味が分からず混乱するも、彼は構わず去っていこうとしている。さすがにそれはないだろうと、慌てて立ち上がるとバランスを崩してベッドから落ちてしまった。それに気付いたユージーンは駆けつけて、身体を起こしてくれる。

「大丈夫ですか？」

「……だ、大丈夫だけど、どういうこと？　その、きょ、今日は……初夜じゃないの？」

恥を忍んで聞くと、彼は何も言わぬままグレースを抱き上げて、先ほど密かに期待をしていた横抱きをしてきた。驚きと恥ずかしさで顔を真っ赤にしながらユージーンの首にしがみ付き、彼を見やる。

丁寧にベッドの上に横たえられ、靴を脱がされた。やはり先ほどのことは何かの間違いだったのだと、覆《おお》いかぶさるようにしてこちらを見下ろすユージーンに安堵を覚えたが、何故か上掛けの羽毛の布団を首が隠れるまで掛けられた。

「あの……ユージーンさん？」

これはどういうことなのだろう。何が何だか分からないグレースは、ただひたすらに問いかけるような視線をユージーンに向けた。

すると彼は至極真面目な顔をして言うのだ。

「私たちが初夜を迎えるのは障りがあるかと」

ようやく答えを得られても、全く言葉の意味が分からなかった。

今日、結婚式を挙げた自分たちが初夜を迎えることに何の障りがあるのだろう。むしろ初夜を迎えない方が障りがあるのでは？　と反論しようとするも、彼はさらに言葉を続けた。

「そこは割り切りましょう、グレース様」

残酷なまで冷静な声で言い放って、そのまま部屋を出てしまう。

「――――何、それ」

一気に突き放された気分になった。割り切るとはそういうところまで割り切ろうという意味だったのかと、今になって知ってしまい愕然《がくぜん》としたのだ。

言葉が足りない人だ、ユージーンは。グレースもあの場でちゃんと確認すればよかったのに、それを怠ってしまったから齟齬《そご》が生じてしまった。どちらか一方が悪いわけではない。きっと話し合いが足りなかったのだ。

それにしても落ち込む。家族になれると思ったのに、まさか書面上の関係だけを望み、実態を伴わない白い結婚を彼が望んでいたなんて。それこそ家名だけ狙っていたということなのだろうか。爵位さえもらえれば実態はどうでもいいと。布団の中に潜り込み、縮こまって考える。

（……いやいや、ダメダメ。ちゃんと話し合ってユージーンさんの真意を聞かなきゃ）

決めつけは良くない。ユージーンがどうしたいのかを聞いてから、グレースも身の振り方を考えなければ。

もしかしたら見つかるかもしれない、落としどころが。分かり合えるかもしれないし、逆に分かり合えずに結局袂《たもと》を分かれるかもしれない。それは悲しいことだが。

きっと大丈夫。きっと何とかなる。

一度掴んだものをすぐに諦めてしまうのだけは嫌だ。諦めかけていた結婚だったけれど、本当はずっと望んでいたしできるならユージーンとちゃんと家族になりたかった。ただ、同じ屋敷にいるだけの赤の他人では嫌なのだ。

明日はさすがにユージーンも仕事は休みだろう。この国では、結婚式の翌日から五日間は新婚生活を満喫するために仕事を休むのが慣例だ。

その五日間でいい話し合いができるといいのだけれど、とグレースは目を閉じる。もちろんぐっすりなど眠れるはずもなく、一人で悶々《もんもん》と考え込む夜は長かった。

「おはようございます、グレース様」

「……おはよう……ございます」

寝不足で朦朧《もうろう》とする頭のまま食堂に向かうと、昨夜、グレースを散々悩ませた張本人が朝から凛々《りり》しい顔で挨拶をしてきた。その清々《すがすが》しさはグレースとは対照的だ。

もう朝食を済ませてしまったのか、食堂から出てくるところだったらしい。ちょうどいいと、彼を捕《つか》まえて今日の予定について話そうとした。特にもう一度この結婚について話し合いの場を設けたいという旨は伝えたい。

「あの、ユージーンさん、できれば昨日の……こと……」

ところが、彼の顔を見て話しているうちに、とんでもないことに気が付いた。

何故かユージーンが仕事着を着ているのだ。ディアークの側近たちと同じ、黒い詰襟の服を。今日は仕事は休みのはずなのに、どうしてそれを着ているのか。

何となく嫌な予感がする。

「……もしかして、今日、仕事に行くの？」

「はい。そうです」

「でも、私たち新婚で、新婚の夫婦は五日間お休みするのが普通よ？」

「陛下から聞きました。陛下も休めとおっしゃってくださったんですが、お断りをしたんです。側近に任命されたばかりなので仕事を覚えなくてはいけませんし、何より陛下をお側《そば》で守らなければ」

「仕事はたしかに早く覚えた方がいいわよね。私もそう思うわ。でも、ディアークの厚意を無駄にするのも申し訳ないし、それに彼を守るのは他の側近の方々もしているし……」

「たしかに彼らは他の人間よりは腕は立つようですが、どこまで使えるか測りかねているところです」

「そ、そう……」

グレースが何を言おうにも、彼はもう仕事に行くことを決めていて、どうあっても譲る気はなさそうだ。

「では、行ってまいります」

丁寧に頭を下げて、食堂を去っていく。虚《むな》しく一人残されたグレースは、がっくりと肩を下ろしながら食堂の椅子に座った。まさか、朝食も一緒に食べられないとは。

正直、グレースよりもディアークの方が優先だと言われているみたいで面白くない。そう幼少期から刷り込まれてきたのだろうし、付き合いも長いだろうから仕方のないことなのだろうが、蜜月すらも必要ないと言われているようで侘《わび》しさが心に染みる。

その寂しさを埋めるように、使用人が出してくれたモーニングティーを飲み、大好きな白パンを口に含んだ。いつも一人で食べていて慣れているはずなのに、全然寂しさが薄れない。

どうしてか、結婚する前よりも孤独を感じて、涙が出てきそうだった。

食後に自室に戻り、今日一日何をしていようかと窓の外を眺めながらぼんやりと考えていると、使用人がやってくる。

茶器をワゴンに乗せた彼女があるお茶を淹れて、グレースに差し出してきた。

「グレース様、こちらをどうぞ」

「頼んでいないはずだけど……」

「旦那様からです。『昨夜よく眠れなかったようだから、日中にゆっくり休めるようなお茶でも淹れてやってくれないか』と、屋敷を出る前におっしゃられて」

カップの中に入っているのはカモミールティーだ。これをユージーンがグレースに淹れるように頼んだというのだろうか。こちらは寝不足だなんて一言も言っていないのに、何故分かったのだろう。頭の中に疑問符はたくさん浮かんだが、とりあえずカモミールティーをありがたく頂戴した。

「昨夜は寝不足になるほどに熱い夜だったようで」

ニコニコと含みのある言葉を寄越してきた使用人は、『きゃっ』と頬を染めながらはしゃいでいた。そんな色っぽい話であったのならどれだけよかったかと、複雑な気持ちでカモミールティーを一口飲んだ。

（そもそも、誰のせいで寝不足だと……！）

そこじゃない、気を遣うところは。できれば今後の二人のために休暇を取ってほしかったのに。初日からすれ違ってばかりで幸先《さいさき》が不安になった。

とりあえず、ユージーンの厚意に甘えて昼はなるべく睡眠をとろう。帰って来てから話すにしても、朦朧《もうろう》とした頭ではいい話し合いはできない。今日の夜こそ、ユージーンの気持ちを聞き出さなければ。

そう意気込んだのはいいものの、夕方城より使者がやってきて、仕事が長引きそうなのでユージーンの帰りが夜中になるという連絡が入ってきた。それに思いっきり肩を落としたが、帰りが夜中なのであれば、それまで起きて待っていればいいと腹を括《くく》って帰りを待とうと決める。

その日は寝室で待っていた。昨夜はさっさと出て行ってしまったが、挨拶くらいにはやって来るだろうと。昼間に仮眠を取ったが、寝てしまう可能性もあったので念のためカウチに座り、編み物をしていた。

ところが、いくら待ってもユージーンが帰宅した様子はなく、宵の頃を過ぎても姿を見せない。国を動かす仕事なのだから忙しいのは重々承知はしていたが、まさか新婚気分を一切味わえないほどに忙しいとは。

父も領主として忙しい立場ではあったが、やはり中央政府のそれとはまた違ってくるのだろう。理解して支えるのも妻の務めなのだと、グレースは自分に言い聞かせながら、懸命に手を動かして起きようとしていた。

「……寝てしまったわ」

しかし、気が付いたときには朝になっていて、カウチにいたはずなのに目を覚ましたらベッドの中にいた。いつ眠ったのかも、ベッドに入ったのかも分からない。分かるのは、自分が編み物をしたまま寝てしまい、ユージーンと会えずじまいだということだ。

何たる失態と頭を抱えた。

もしかするとまだユージーンは仕事に行っていないかもしれないと、ベッドを下りようとしたとき、ふとサイドテーブルにメモが置いてあるのが見えた。ペーパーウェイトを退《ど》かしメモを手に取ると、そこにはユージーンからのメッセージが書いてある。

『今日も遅くなります。待たずに先に寝ていてください』

それを読んでグレースは溜息《ためいき》を漏らした。

いつ帰って来たのだろう。全然分からなかった。帰って来たのなら起こしてくれればよかったのに。残念な気持ちでメモをサイドテーブルに置く。そこに昨日グレースが使っていた編み物の道具などが置いてあって、もしかしてカウチで眠りこけていたグレースをわざわざベッドまで運んでくれたのだろうかと気が付いた。

逆に起こさないようにと配慮してくれた彼なりの優しさなのかもしれない。嬉しいけれど、素直に喜べない複雑な気持ちになった。

支度を済ませる余裕もなく、急いでユージーンの私室に行きノックをするも返事は帰ってこない。使用人に聞くと、すでに彼は仕事に出て行ったと言われてしまった。日が昇ってそんなに時間が経っていないのにもう出なければいけないなんて、どれほど多忙なのだろう。

それなのに昨夜はそんな彼を労うこともなく、逆に迷惑をかけてしまった。自分の不甲斐《ふがい》なさが恨めしい。

今日は絶対に眠らないようにしなければと策を練った。絶対に眠らない場所、眠っても起きれる場所が望ましい。いろいろ考えて、玄関のすぐそばの廊下に一人がけ用のソファーを運んでもらって、そこで待つことにした。ここならば絶対に彼を見逃さない。

食事もお風呂も済ませて、就寝準備も済んだあとに玄関のソファーへと座る。使用人が玄関は寒いだろうからと毛布とクッション、そして温かなお茶を淹れてくれた。何かあったらすぐにでも呼べるようにと近くに呼び鈴も置いて。グレースは気を遣ってくれる使用人たちにお礼を言って、ユージーンを待つ体勢を整えた。

彼が帰って来たのは、日付が変わり数時間後には日が昇ろうかという時間だった。さすがにグレースもウトウトし始めていたので、寝てしまう前でよかったとホッと胸を撫《な》で下《お》ろす。

「グレース様？　こんなところでどうされたんですか？」

珍しく眉を上げているところを見ると、慌てている様子だ。何故かその顔を見てしてやったりと思い、ニヤリと笑う。

「ユージーンさんと話がしたくて待っていたの」

「私とですか？　先に言ってくだされば、早く帰ってきましたのに。申し訳ありません」

「いいの。私がただ、話したくて待っていただけだから」

粘り勝ちといったところだろうか。ユージーンは少し困ったような顔をして、ソファーの前に跪《ひざまず》いた。

「話とは？」

ようやくユージーンと話し合う機会が巡ってきて、グレースはクッションに預けていた頭を上げて佇《たたず》まいを直す。

同じ屋敷で暮らしているはずなのに会うのは一日ぶりで、夫であるはずなのにまったく夫婦らしいことをしてくれない彼にどう話そうかと、この二日ずっと考えていた。

いろいろと回りくどいことも考えたが、結局グレースが言いたいのは一つだけだ。

「──私にとって、結婚は夢だったんです。怪我をする前から、ずっと両親のような夫婦になりたいって思ってて、でも、上手くいかなくて……。あぁ、もしかして私の夢は一生叶《かな》わないのかもしれないって半ば諦めていたんです。だから、たとえディアークの命令だったとしても、ユージーンさんが私と結婚するって言ってくれて嬉しかったんです」

「……それは、存じあげませんでした」

酷く驚いた様子で、それでいて困ったような戸惑ったような声色で答えてきた。グレースにそんな思い入れがあったなど知る由もなかったのだから、当然の反応だ。ユージーンは、これは割り切った関係なのだと思っているのだから。

「ユージーンさんは、きっと仕方なしに私と結婚した部分があるのだと思います。家名のため、ディアークから命令されたから、断りようのない、利益だけを求めた関係だと。でも、私はそれだけでは嫌なんです。……ちゃんと夫婦で、家族でいたい。……その、初夜だって、ちゃんと……」

グレースは思いの丈をユージーンにぶつけた。だが、ぶつければぶつけるほどに彼は怪訝《けげん》な顔をしていく。最後の方など、冷や汗を掻《か》いて固まっていた。

（……やっぱり困るのかしら、こういうのは）

強張《こわば》るユージーンを見て、グレースは不安になった。

「……ですが、それでは障りがあるのでは？」

また同じように突き離そうとしている。何の障りがあるのか分からない。二人が夫婦らしくあることのどこに障りがあるのだろう。さすがにその真意を知りたくて、今回は食い下がった。

「どんな障りがあるというんです？　教えてください」

「いや、でも、貴女は、その……」

「私が何か？　私の何かが悪いのですか？」

徐々に興奮してきたグレースは、慌てるユージーンに詰め寄る。

「……いえ、そういう意味ではなくて」

「じゃあ、どういう意味？　まさか、やっぱり私に傷があるから？　家名のために結婚したけど、本当は疵物の女なんか抱けないってことなの？　あのとき私に言ってくれた言葉は嘘だったの？」

「違います、決して嘘ではないです。断じて本心です」

「なら何で？　……何がダメなんですか」

理由も教えてもらえない、何がダメなのか察することもできない。出会ったばかりで信頼を置くのは難しいのかもしれないけれど、それでも少しくらいは歩み寄ってほしいと思ったのに。そう思うこと自体おこがましく、無駄だということなのか。

ユージーンの態度からそんな風に思えてきて、悲しくて仕方がなかった。涙が溢《あふ》れて、とめどなく流れていく。歪んだ視界の中で、ユージーンが頭を抱えている姿が見えた。

「……いや、だから、……私が貴女に手を出してはまずいでしょう。そういうことは表面上でいいかと思うのです……が……」

　そう言葉を濁らせて、泣き続けるグレースを見た。そして重苦しい溜息を吐くと、何かを考え込むように顎に手を当てる。

「もしかして、お互いの認識に齟齬《そご》が生じていますか？」

　ハンカチで涙を拭いて、難しい顔をしているユージーンを見やった。齟齬なら始めから生じてしまっているし、それを擦り合わせるために話し合いの場を設けて、先ほどから何が悪いのかを何度も聞いているのに。

　何を今さらとねめつけると、ユージーンはグイっとこちらに顔を近づけて真剣な顔で聞いてきた。

「――グレース様は、ディアーク様の愛人ではないのですか？」

　とんでもない発言が彼の口から飛び出してきて、グレースは絶句した。

「あ、あああああああああ、ああ愛人？　あいじん？　私が？　ディアークの？」

「はい。そうだと聞きましたが」

　信じられない！　信じられない！

　グレースはとんでもない勘違いに悲鳴を上げながら、首を懸命に横に振った。自分がディアークの愛人などあり得ない。社交界の中で囁《ささや》かれるお遊びの噂でしかないのに。

　そもそも、社交界に疎いくせに何故その噂をユージーンが知っているのか。誰が彼に吹き込んだのか。聞きたいことはたくさんあるが、とにかく全力でその愛人疑惑を打ち消さなければならなかった。

「違います！　まったくもって違います！　私とディアークは幼馴染だから仲がいいだけであって、そんな男女の仲などでは決してありませんから！　だ、誰ですか！　そんな根も葉もない噂を貴方に吹き込んだのは！」

「……同じ側近のグルーバーが。私が陛下から結婚の話を持ち掛けられたのを聞いて、彼が『とうとうグレース様を公妾にするのか』と言ってきたので。私も真偽を陛下に確認しようと思っていたのですが、『そういうのは直接聞くのは野暮《やぼ》というものだ。側近なら察してやれよ』と言われて、そういうものかと……」

「じゃ、じゃあ、ユージーンさんは、私がディアークの愛人になるために結婚したと思っていたんですか？　偽装のための結婚だと？」

　ユージーンはコクリと首を縦に振った。

「信じられないっ！」

　沸々《ふつふつ》と怒りが湧いてきて、ついには叫び出す。

　真夜中で使用人も寝ている時間だと分かっていたが、興奮して声の大きさが調節できない。目の前が真っ赤になって、今にも頭が噴火しそうだ。

「なるわけないじゃない！　考えれば分かるでしょ？　王位継承問題で散々苦労したディアークが、また争いの種を作るような真似するわけないでしょう？　馬鹿！」

「す、すみません。ですが、アウネーテ様もまだ幼いですし、私と結婚していれば万が一子どもができたとしても、二人の子どもとして育てれば継承争いにならないと……あ、あの……本当にすみません……殴らないでください」

この怒りをどうしていいか分からなくて、思わずユージーンを両手でポカポカ殴ると、彼はグレースの手を掴んで頭を下げた。自分の勘違いを恥じているようだ。

だが、それだけではグレースの気は治まらない。

「分かった！　もう十分に分かりました！　本当にユージーンさんは私の家名だけが目当てで、ディアークのためだけに結婚を決めたってことよね？」

「そうではあるのですが……私もグレース様は同じだと思っていたので、割り切った関係で、何か問題が生じれば陛下も含めて解決していけばいいのかと。あのときの貴女の言葉もそのように受け取っていまして……」

「私は二人で家族として解決していこうって話をしていたの！」

たしかにあのときユージーンの歯切れが悪かったことが気になってはいたのだが、そんな風に捉えられていたなんて。すれ違うどころか、二人が見ている視点が違い過ぎて話しにもならなかった。

「そっちがその気なら私はもう遠慮しない！　貴方は私と結婚してほしいものが手に入ったんだから、私だってほしいものを手に入れる権利があるはずです！　私は、ユージーンさんとちゃんと夫婦になりたいから、これからは全力で妻として向き合いますから！　ユージーンさんも、いえ、ユージーンも私を妻として扱って！」

「ですが、グレース様……」

「グレースと呼んで。あと、敬語も止めて。夫婦だから畏《かしこ》まった態度は一切なしでいきましょう。いい？」

「あ、……はい。分かりまし……いや、分かっ……た」

　また敬語を使おうとした彼をギロリと睨み付けると、ぎこちないながらも敬語を止める。それが気恥ずかしいのか、彼は眉根を寄せて口元をヒクヒクとさせていた。

「とにかく、明日ディアーク様にちゃんと真偽を聞いてきま……いや、聞いてくるから、それからもう一度話し合おう」

「私の話が信じられないっていうの？」

「そうじゃないが、一度勘違いをしてしまった以上、疑う余地をすべてなくしてからじゃないと気が済まない。だから、少し待ってくれ」

　ただ事実確認をしたいというのであれば、それを止めることはできない。もう二日も待ったのだから、あと一日くらいは待てる。

「……俺もそれが確認できたら、グレースに話しておきたいことがある」

「分かった。明日また、ね」

　とんでもない勘違いをされてしまったものだが、原因が分かり安堵して力が抜けた。本当はもっと根深い問題だったらどうしようと思っていたのだ。実は女性を愛せないとか、身体的な問題があるから初夜を遠慮したとか、グレースがどうこうできないことが出てきたらどうしようと。

だが、そうではないと知り、グレースは嬉しくて口元が綻んだ。ようやく夫婦としての一歩を歩み始められたのだと、舞い上がったのだ。

「じゃあ、今日からさっそく一緒に寝ましょう？」

「……それは」

「ダメなの？　夫婦なのに？」

「いえ……ダメでは……ない、が」

「なら決まりね！」

少々強引だが、もう遠慮はしないと決めたので押せるときにとことん押すことにした。ユージーンも断り切れないのか、難しい顔をしながらも頷く。気持ちが変わらないうちにさっさと寝室に行こうと、彼の手を引いた。

「あの、まずは風呂と着替えを」

「そうね。食事は？」

「もう済ませている」

「じゃあ、私、寝室で待っているから」

興奮して目が冴《さ》えてきたからきっと起きて待っていられるだろうと、一足先に寝室へと一人で向かおうとした。

ところが、立ち上がる前にユージーンはグレースの膝裏に腕を差し入れて、抱き上げてきたのだ。一昨日の夜のように、横抱きをして。

グレースは顔を真っ赤にして、彼にしがみ付いた。

「……悪い。その、詫《わ》びではないんだが、寝室まで連れて行こうと思うんだが……いいか？　それで、寝室で待っていてほしい。なるべく早く行くから」

「はい！」

逞《たくま》しい王子様に抱き上げられて、まるで本物のお姫様みたいだ。お姫様は王子様と幸せな結婚をしてめでたしめでたしがセオリーなのだから、きっと自分たちもそんな物語を紡げるはずだ。

そうだといいなと、ユージーンの胸に頭を寄せながら思った。

寝室のベッドに座り、彼が来るのを待っていた。初日は期待と不安しかなかったが、今日は期待と高揚がグレースの気持ちを押し上げていた。ユージーンが来るのが待ち遠しい。

まるで子どものようだと自分で自分を笑っていると、彼が寝室に入ってきた。言葉の通り急いでやってきてくれたのか、アッシュブラウンの髪の毛が乾ききっていなかった。

「……すまない。遅くなった」

申し訳なさそうな、気恥ずかしそうな。どちらともつかない顔をしてグレースの前に立つ彼の手を握る。すると、遠慮がちに握り返してきてくれた。

出会ったときは不愛想だと思ったが、先ほどから徐々に感情を表に出し始めている。

少しはグレースに気を許してくれるようになったからなのか、それとも顔を取り繕う余裕もなくなったのか。どちらかはまだ分からないが、もっといろんな顔を見せてほしい。

手を引いてベッドへと誘うと、二人で寝転がる。彼の綺麗な顔がすぐ間近にあってドキドキした。同時にその顔に見蕩れる。

「今日はもう遅いから、寝るだけ」

「うん」

「初夜のやり直しは……もう少し待ってほしい。明日の俺の話を聞いて、それからまた」

「分かった」

素直に頷くと、彼は目を細めて『すまない』と小さく謝ってくる。

今日のユージーンはずっと謝ってばかりだ。それが可哀想《かわいそう》になってきて、気分を変えるためにグレースはユージーンの方に身体ごと向かい合うように寝返りを打って、ニコリと微笑む。

「こうやって誰かと一緒に寝るの、子どもの頃以来だから変な感じ」

幼い頃はよく母親と一緒に寝ていたが、今はおやすみのキスを頬にしてくれる人もいなくなった。孤独を感じながら眠りに落ち、朝起きてまたその孤独に苛《さいな》まれる日々だった。

「――俺は、初めてだ」

けれども、ユージーンは記憶に残るぬくもりすらないらしい。

ぬくもりを知っているがゆえに失って苦しむ孤独と、それとも元々知らずにいる孤独と。どちらが深いかなど、誰も知る由もない。

シーツに包《くる》まり、一人で朝を待つ夜がなくなるように。ぬくもりを知らない彼に、教えるように。

大きなその手を握り締め、グレースはゆっくりと目を閉じた。

第二章

「――驚きすぎて心臓が止まるかと思った」

「申し訳ない」

目の前にはベッドの上にちょこんと座り、身体を小さくしているユージーンがいる。そしてその手に握られていたのは、小型のナイフ。

グレースはその光景に頭を抱えた。


ようやく二人で夫婦らしく同じベッドで寝た次の日の朝、グレースはユージーンが起き上がる気配を感じて目を覚ました。寝ぼけ眼《まなこ》のまま、上体を上げて今にもベッドから出て行きそうなユージーンを見つめる。

寝てから三時間も経っていないだろうにもう起きてしまうのかと残念に思っていると、彼が自分が使っていた枕の下から取り出したものが目に入り、思わず飛び起きたのだ。

「ナイフっ？」

まさか、自分が寝ている横で枕にナイフを忍び込ませていたなんて。あまりの衝撃な光景に叫んだグレースに、ユージーンは何食わぬ顔で『おはよう』と挨拶を返してきた。

暢気に朝の挨拶をしている場合ではないとユージーンをその場に引き留め、何故寝室にそんな物騒なものを持ちこんだのかと問いただした。

彼曰《いわ》く、護身用らしい。万が一寝込みを襲われたとき、敵を撃退できるようにといつも枕の下に武器を隠しているのだと。

「この屋敷は安全よ？　それとも、屋敷の誰かが貴方を襲うとでも？」

「そんなことは考えていない。ただ、癖なんだ」

――癖。彼はそのたった一言で済ませているが、つまりはずっと寝首を掻かれることを警戒しなければならなかった環境に、身を置いていたということだ。その名残が抜けずに、二人の寝室にナイフを持ち込んだのだと彼は話す。

グレースはこれを一方的には責められなかった。それは過酷な状況に身を置いていたユージーンの生きる術だったのだろう。詳細を聞いたことはないが、マルクトの盾には命の危険がいつも付き纏《まと》っていたことは知っている。

表の世界にやって来た彼が、突然それに倣えるはずもない。癖や習慣は他人に言われてすぐに直せるほど簡単なものではないだろう。

「すまない。事前に言うべきだった。……怖がらせてしまったな」

今までにないくらいにユージーンが暗い顔をしている。きつく言い過ぎてしまったと気が付いて、グレースも大きな声を出してしまって申し訳ないと謝る。一方的に責めたてられるだけでは、彼も気分が悪いだろう。

　朝から喧嘩《けんか》がしたいわけではない。このまま彼が仕事に行って離れてしまうのも嫌で、どうにか仲直りしようと歩み寄る。

「大丈夫、怖くないわ。慣れてなかったから、驚いただけ。今まで別々に暮らしていたんだもの、習慣がまったく違うことだってあり得るのよね。いいのよ、ここは貴方の家だもの。それに、知らないことはこれから知っていけばいいし。ね？」

「……あぁ、そうだな」

　それでもユージーンの顔は晴れなくて、思い悩むように口を重くした。どうにか彼の気持ちを軽くしようと思ったのだが、あまりにも思い詰めた顔をしているのでこれ以上は言えなかった。

「朝食、一緒に食べましょう？」

　ユージーンをそう誘うと、彼は小さく頷く。

　昨夜は誤解が解けて少し距離が縮まったような気がしたのに、次の日にまた気まずい雰囲気になってしまった。

（難しいものね……）

　一進一退、一喜一憂。夫婦になったからといって、すぐに順風満帆《じゅんぷうまんぱん》とはいかないものだ。

　今朝はそんなに急いで城に行く必要もないようなので、一緒に朝食をとることができた。そもそも、ユージーンがあんなに早く屋敷を出ていたのも、王の愛人だと思っている人とたとえ書類上で夫婦となろうとも、食事の席は一緒にできないと思ったからなのだそうだ。その理屈で、夜も遅かったのだと。

真面目で融通が利かない、ディアークに忠実な彼らしい考えだと、すべてを知った今だから笑える話だった。もしも、昨夜玄関で粘らなければ、こんな風に笑ってはいられなかっただろう。

先ほどの失敗を挽回《ばんかい》するかのように、グレースは彼に懸命に話しかけた。ユージーンもまた、それを嫌がることなく、言葉少なに答えてくれる。

例えば、小食なのか食べる量が少ないのに驚いていると、彼はあまり腹いっぱいにしないようにしているのだと話してくれた。

「いざというとき、動けなくなると困る」

それもまた、マルクトの盾の教えなのだろうか。気にはなったが、まだその部分に踏み込む勇気はなく、話題を変える。

「ディアークの下で働くのは楽しい？」

「楽しいかは分からない。そんな風に考えたことはないから。俺はディアーク様の言葉の通りに動き、それ以上の働きをする。それだけだ」

「側近の先輩たちが二人いるじゃない？　いい人たち？」

「あまり人格の良《よ》し悪《あ》しを、仕事の中で判断したりはしないから分からない。ただ、ディアーク様がお側に置いているのだから有能であることは確かだろう」

饒舌《じょうぜつ》だが、事務的で温度の感じられない言葉。ユージーンは、自分がどう感じているかではなく、ただ自分の立場から客観的な意見しか言っていない。まるで、仕事に己の『個』は必要ないのだとでも言うように。

「これからいろいろと知って、仲良くなっていければいいわね。そうしたら、仕事が楽しいって思えるようになるかもしれないわ」

そうであってほしいと願うようにグレースが言うと、ユージーンは首を傾《かし》げた。

「仕事に人間関係や感情を持ち込むと面倒になるだろう？　支障をきたす可能性があるものを敢えて得ようとは思っていない」

必要ないのだと軽く切り捨てる。そして、食事を済ませて、城へと向かう準備をし始めた。

グレースは馬車に乗り込む彼に向かって手を振りながら、どうしたものかと考え込む。

今まで単独行動でよかったものが、今は他人と一緒に働くことによって何かしらの軋轢《あつれき》やら衝突やらが生まれないとも限らない。

あの調子で仕事をちゃんとこなせているのだろうかと心配になるし、他の側近たちの不興を買ったりしていないかも気になる。何せ、嘘を吹き込まれるくらいだ、とても心配だ。

話を聞くに、ユージーンは他人を信頼したことがないのだろう。カーマイン公爵とディアークに関しては信頼ではなく、服従だ。力関係で成り立った関係だから、信頼とはまた違う。

誰かの人柄や人間性に信頼を寄せるという、自分の感情ひとつに左右されるものは不要だとさえ思っている節が見受けられた。

さて、そんな彼とどうやって夫婦関係を築いていけばいいのか。ユージーンを知れば知るほどにその課題は山積みになっていく。

けれども、知れば知るほどにドキドキもしているのだ。たしかに冷酷な一面もあるけれど、そこに悪意はないと話していれば分かる。きっと誰かと信頼し合うことを知らないから、必要ないと切り捨てているのだ。一人はたしかに楽だし効率的だが、それだけでは得られないものがあるのだと、ユージーンは知らない。

ディアークがグレースに期待したのはこういう部分なのだろう。たしかにこれは大変かもしれない。

けれども、生い立ちが違う、分かり合えないからといってすぐに放り投げるのは絶対に嫌だ。せっかく繋がった縁だ。大切にしたい。

昨日はグレースに押し切られた部分もあって応じてくれたが、この結婚がディアークのためではなく自分自身のためだけの結婚だと知った今、ユージーンがどう考えているのか。まったく見えてこない。

ただ、思い詰めたような顔が気になっている。

どちらにせよ、今日ディアークに真偽を確認したら、また二人で話し合いになるだろう。そのときには前向きな話し合いができればと思う。

ところが、夕方に帰ってきたユージーンの顔は酷く強張っていた。朝見かけたときよりも硬いその表情に、嫌な予感が胸に走る。

夕食の前にユージーンが部屋を訪れて、話がしたいと言ってきた。頷いて彼を部屋の中に招き入れる。

向かい合わせに置かれていた椅子にそれぞれ座り、話し合う体勢をとった。

だが、取ったのはいいものの、ユージーンは口を開かずに俯いたまま厳しい顔をしている。グレースもまた、そんな彼を見ているとどんな話が出てくるのかと怖くなって下手に話を切り出せなかった。

沈黙が重くなればなるほどに、緊張が高まる。

ユージーンが何をそんなに思い詰めているのかも分からなかった。

そして、ようやくユージーンが重い口を開く。沈んだ声と共に。

「今日、ディアーク様に確認してきた。君が愛人ではないことも、そのつもりもないということも」

ディアークが目を剥《む》いて驚いている姿が容易に思い浮かぶ。まさに寝耳に水の話だろう。

「俺に嘘を教えたグルーバーはディアーク様に怒られたし、俺も何故ちゃんと確認しないと怒られた」

「そうでしょうね。貴方も災難だったわね。そんな嘘を吹き込まれて」

「いや、大変だったのはグレースの方だろう。随分と振り回してしまった」

「いいのよ……」

またしばし二人の間に沈黙が流れた。ユージーンは次の言葉を探しているようだったし、グレースもそれに気が付いていて、口を閉ざしたからだ。

それでも期待を込めてちらりと彼を見る。ぱちりと目が合うと、ユージーンは苦しそうに眉根を寄せて顔を伏せてしまった。

あぁ、やはりとグレースは落胆する。きっと今から切り出される話は、いいものではないのだろう。

「――俺は、君が俺と結婚をして、その上で日陰の身であれどディアーク様との仲を続けることを望んでいるとばかり思っていた。俺が結婚を了承することでそれが叶うのであれば、喜んで仮初の夫婦でもなんでも演じるつもりだった。けど、そうではないのなら、話は違う」

そもそもこの結婚の大前提が違ったのだと言いたいのだろう。今ユージーンの中でその問題が大きく膨れ上がって、彼はどうにか正そうとしている。

それが分かって、グレースは唇を噛《か》んだ。

「君は俺と夫婦になりたい、家族になりたいと言った。でも、俺は家族を知らない。家庭を、誰かと共に暮らす幸せを知らない。……何がどう幸せであるかすら、知らないんだ」

けれども、話しているユージーンの方が苦しそうで。ふと顔を上げたときに見えた顔は苦痛に歪んでいた。

「きっと俺は君の望むような幸せというものを、与えてやれない」

申し訳なさそうに言う彼に、グレースは咄嗟に首を横に振る。

「与えなくていい。二人で作っていけばいいのよ」

「何が幸せか知らないのに？　家族がどうあるべきかも知らないのに、俺が一緒にいてできることはあるのか？」

「あるわ。たくさんあるわよ。知らないならこれから知っていけばいいじゃない」

いくらだって助けになるし、そのための努力だって惜しまない。

最初から完璧な夫婦であれるはずがない。二人で持ち合わせたピースを一個ずつ填《は》め込《こ》んで、ピタリと嵌《はま》るまで何度も試す。最初は歪《いびつ》ながらも、それでも完成形を目指して試行錯誤をするのだ。

そこから始めればいい。今ピースを見せ合っている最中なのだから、最初からあきらめる必要などどこにもないはずだ。

「俺と結婚を続けることでいらぬ苦労をさせるくらいなら、いっそのこと解消して他の男を見つけた方が君のためかもしれない」

「それは私だって同じよ！　きっと私も貴方に苦労をかけると思う。でも、一緒に乗り越えようって言ったじゃない」

堪《たま》らず椅子から立ち上がり彼の側に寄ろうとするも、左足が上手く動かずにその場に膝から崩れ落ちる。ユージーンも椅子から立ち上がり側に駆け寄ってきて、心配そうに顔を覗《のぞ》き込んできた。

「……グレース」

ユージーンの驚いたような声が聞こえてくる。それが悔しくて仕方がなかった。

泣きたくなどなかった。

涙を見せず冷静に話をしたいと思っていたのに、この目からは大粒の涙がボロボロと零《こぼ》れ落ちていて、床にとめどなく落ちていく。

「馬鹿にしないでよ。私がそんな覚悟もないまま結婚したと思うの？　……たしかに半ば強制みたいな部分もあったけれど、結婚は自信がないですって言われて、はいそうですかって引き下がれる程度の簡単なものじゃない。結婚してまだ三日しか経っていないけれど、私にだって妻としての矜持《きようじ》くらいある。夫の抱えたものを一緒に背負う覚悟くらい、とっくに決めてきているわよ」

「……すまない……すまない、グレース。君を傷つける気は……」

「謝らないでよ！」

こちらに伸びてくる手を払いのける。謝られれば謝られるほどに惨めな気持ちになる。グレースにはそんな結婚は耐えられないだろうと言われているようで辛い。

腹立たしくて、悔しくて、悲しい。

「違うんだ。君が悪いわけじゃない。すべて俺の問題だ」

「だから、それを一緒に解決していこうって！」

そう言っているのに何故分かってくれないのかと訴えかけるように叫ぶと、ふとユージーンの膝に置かれた手が震えていることに気付く。

「昨日、一緒に手を握ったが、眠れなかった。人の気配があることでずっと気を張って過ごしていたし、今朝もナイフで君を怖がらせた。仕事ばかりで顔を合わせる時間もあまりないかもしれない。話せない日も出てくる。それに……」

ユージーンの息を呑《の》む音が聞こえてきた。

グレースはぐしゃぐしゃなままの顔を上げると、彼は寂しそうに微笑む。

「二人に危険が迫ったときにディアーク様とグレース、どちらを助けに行くかと問われれば、迷いなくディアーク様と答える。そういう男なんだ。きっとそれは変えられない。……君が、一生を賭ける価値など、どこにもない人間だ」

そんな生き方しかできない自分を嘲《あざわら》っているような、どうしようもないと諦めているような悲しい笑み。

泣くことも忘れてグレースは目の前の孤独で、そして自分のためには生きられない人を見つめ続けた。

――あぁ、どうしよう。

言葉が出ない。彼のその孤独ごと抱き締めて包み込んで、大丈夫だよと言ってあげたいのに、思った以上に今の言葉に打ちのめされている自分がいる。

ユージーンにとっては、ディアークの役に立つことがすべてなのだ。そうであれと育てられていた。だから、それ以外の生き方を知らない。新しく家族を作ったとしても、天秤《てんびん》にかけたら比重は絶対にこちらに傾くことはない。

それが分かるから、ユージーンはグレースを突き放そうとしている。

何よりも家族を一番に考えられない自分が、幸せな家庭を作れるはずもない。いずれは必ず亀裂を生むのだと。

それでも構わないと、先ほどのようにすぐには言えなかった。

父はグレースと母を宝物だと言っていた。最期、馬車が崖から落ちていくときも、こちらに懸命に手を伸ばして、二人を守ろうとしてくれていた。母だってそうだ。『家族と一緒にいる時間が何よりも幸せ』と笑っていた。グレースもそうだといつも答えていた。

家族というのはそういうものだと思っていた。

けれども、ユージーンの中での一番はディアークで、王家で。グレースは二の次。もしも、ディアークが命令すれば、いとも簡単にグレースと別れられるのだろう。

ユージーンの信念を否定はしない。そういう生き方しかできないのは、致し方ないとは思う。使命感が彼を突き動かしているのだから。

けれども、それでは何のために家族でいるのか分からなくなる。天秤にかけられて、いとも容《た》易《やす》く切り捨てられる関係を、果たして家族と言えるのか。

本当にそれでもいいと、自分は思えるだろうか。

何もかもが分からなかった。

「――仮初《かりそめ》の夫婦ならいくらでもなれる。でも、俺は……本物にはなれない」

力が入らない身体を抱き起こされ、椅子に座らされる。ユージーンは何も考えられずに呆然とするグレースの足元に跪き、頭を垂れた。

「すまない」

掠れる声で謝って、彼は部屋を静かに出て行く。

その背中に向かって何も言えず、涙で滲《にじ》む視界の中で見送ることしかできなかった。

――酷い話だ。

勘違いしていた挙句に、妻よりも優先すべき人がいるから、結婚はやはり白紙にしようだなんて。本当なら、憤慨して張り手のひとつお見舞いしても文句は言われなかった。昨日のように憤慨してもよかったのだ。

けれども、何も言えなかった。そんなこと関係ないと胸を張って言えない自分が、呆《あき》れるほどに情けない。彼の言葉一つに打ちのめされて泣いて、反論も儘《まま》ならなかったのだ。

何より辛かったのは、ユージーンがグレースを思って正直に話してくれたこと。

グレースが家族として一緒に幸せになりたいと願うから、深みにはまらないうちにそれはできないとはっきりと告げて離れようとしてくれていた。

何て残酷な優しさだ。

その優しさが辛くて、グレースはただ涙を流し続けた。


それからユージーンとはまたすれ違うようになった。

彼は朝早くから城へと赴き、真夜中に帰ってくる。寝室にもやって来ずに、自分の部屋で寝ているようだ。食事も共にしない。姿を見かけない日が何日も続く。

二人の間に流れる不和を使用人たちも気付いているのか、グレースの前ではあまりユージーンの話題を出さずに、元気づけようとしてくれている。一緒に編み物をしたり、庭に出て散歩をしたり、他愛《たあい》のない話をしたり。一人になる時間を与えず、寂しさを感じさせないようにしてくれているのかもしれない。

けれど、ふと夜に思い出してしまうのだ。たった一度、一緒にベッドに並んで寝た日のことを。手を繋いで、眠りについた幸せを。

ユージーンは眠れなかったと言っていた。あれはきっとグレースの独りよがりだったのだろう。ただ一緒にいたくて、二人で何かを始めたくて強引に繋いだ手だった。

今は繋ぐ相手もなく、寂しくシーツの上に投げ出された手を見つめている。もう二度と、彼と繋ぐことはないのだろうか。あのぬくもりを感じることなく、自分たちは別れてしまうのだろうか。

ユージーンはグレースの答えを待っている。こちらが彼の言葉に頷けばこの結婚はなかったことになって、離れ離れだ。

頑張りたいと思っていた。諦めずにいれば、その努力は報われると。

でも、やはりどこか自信がないのだ。言われたような局面に立たされたとき、選ばれなかった自分を憐《あわ》れまない自信がない。ユージーンの中のディアークに対する忠誠心を覆せる自信もなかった。

元々、自分に自信などこれっぽっちもなかったのに、さらにそれを挫かれた気分だ。

ユージーンと会いたい。会ってもう一度話したい。

でも、ユージーンに会いたくない。会ってまた傷つくのが怖い。

グレースの中で二つの感情がせめぎ合って、何が正解か分からなくしていく。自分の答えもはっきりと出せずにいる。

何か動き出さなきゃと思いつつも、ユージーンと会わなくなってもう十日ほど経つ。

結婚して同じ屋敷に住んでいるはずなのに、一人でいたときよりも孤独を感じていた。

ところが、ある日の午後。グレースは一つの報《しら》せに、恐れ戦くことになる。

使用人が慌てた様子で部屋にやってきて言うのだ。

ユージーンが大怪我《おおけが》をしたと。

グレースはそれを聞いた途端に、一も二もなく屋敷を飛び出して城へと馬車を走らせた。震える手を握り締め、今にも泣きだしてしまいそうな自分をどうにか落ち着かせながら。

ユージーンの有事を知らせに来てくれた城からの使者は、彼の怪我の具合を知らなかった。命に関わる怪我なのかも、今どのような状況なのかも。

今は使われていない建物をまた新たな福祉施設として再利用する計画があり、その下見のためにどうやらユージーンは一人で赴いていたらしい。そこで爆発に巻き込まれて怪我を負ったのだと、知っている限りの情報を教えてもらえることができた。

（……爆発）

その物騒な言葉に、心臓が痛くなるほどに縮こまる。

抗争中、正妃派が武力行使をしたことが幾度かあり、側妃派の人間を脅《おど》すために爆発物を使用したことがあった。屋敷を爆破された者もいれば、領地の橋を落とされて流通を遮断させられたところもあるようだ。

あの頃の惨状が甦る。それは、グレースだけではなく、その爆発を目撃した人間も、話を聞いた人間も同様に恐れ戦いたはずだ。またあの頃に戻ってしまうのかと。

火薬の恐ろしさは何度も聞いていた。だからこそ、生きた心地がしない。絶対に無事であると信じたいのに、ときに神様は無情なことをなさると、グレースは身をもって知っていた。

ユージーンの無事な姿を見たい。ただ、その願いだけを胸に、城の中へと入っていく。

彼は今、城内の診療所で診てもらっているらしく、何とかそこに辿り着こうと壁を伝いながら歩いていた。すると、前方からやってくる男性の顔を見て立ち止まる。見覚えのある人だった。

「ミセス・ガーランド！」

長身の金髪に眼鏡をかけ、ユージーンと同じ制服を着た彼。ディアークの側近の一人だ。

「グルーバーさん？」

そう、彼がグルーバーだ。愛人だとユージーンに吹き込んだ人でもある。今度会ったら文句のひとつでも言ってやろうと思っていたが、それどころではなかった。

「お迎えに上がりました、ミセス。差し支えなければ抱きかかえて運んでも？　診療所までは距離がありますし、お急ぎでしょう」

「……あの……お願いします」

夫以外の男性にそんなことをされることに抵抗を覚えたが、今はそうも言ってはいられない。この足ではいつ辿り着けるか分からないし、早く辿り着きたいと焦っているのも本当だった。

腰を屈《かが》めたグルーバーはひょいとグレースを抱き上げ走り出す。人目を気にしてくれているのか、ひと気のない道を選んで進んでくれてた。

「先日はとんだ失礼を。本当に申し訳ございません。私の軽口のせいでご迷惑をおかけしました」

「愛人話のことですか？」

「……はい。まさかユージーン君が冗談も通じないほどの堅物とは露知らず、仲を深める軽口のつもりで言ったんです。もちろん、その後にちゃんと訂正をしたつもりだったのですが、どうやら彼の耳には届いていなかったようで……」

ハハっとグルーバーは申し訳なさそうに苦笑する。たしかに、ユージーン相手に冗談はなかなか通じづらそうだ。

「ということで、今日の私はお二人のために働く馬車馬でございます。お詫びになるかは分かりませんが、どうぞ、お好きに使ってください」

ディアークにも怒られたと言っていたし、相当絞られて反省しているのだろう。罪滅ぼしに、手助けに来てくれたのだ。

思うところはいろいろあったが、今はその気持ちがありがたかった。彼の贖罪《しょくざい》に甘んじることにする。

「では、ありがたく利用させていただきます」

「そうと決まれば、急ぎますよ、ミセス」

まるで風のように廊下を駆け抜けて、あっという間に城の奥へと進んでいく。

「グルーバーさん。ユージーンの怪我は酷いのでしょうか。……命に関わったり、しますか？」

自分から聞き出しておきながら、答えを聞くのが怖かった。それでも聞かずにはいられなかったのは、覚悟をしておきたかったからだ。事前に心構えができていれば、実際目にしたときの衝撃は緩和されるはずだと。

「大丈夫ですよ。あの爆発に巻き込まれた割には胸の骨を折ったくらいですみましたし、医者も命に別状はないと言っております」

「そ、そうですか！　よかった！」

ずっと不安で緊張していた心の糸が一気に弛《たる》んで、どっと身体の力が抜けた。

――生きている。ちゃんと生きている。

その報せだけで飛び上がりそうなほどに嬉しくて仕方がなかった。

「すいません、ご心配をおかけして。こちらも事後処理やら調査やらでバタバタとしておりまして、正確なことをすぐに知らせることもできず……」

「いえ、切迫した状況だと分かっておりますから。他に怪我した方はいらっしゃるんですか？」

「ええ、一名。今回の爆発を引き起こした犯人ではあるのですが……」

いったい何かあったのだろうかと聞いてみると、彼は当時の状況も含めて道すがら話してくれた。

「今回、ユージーン君は正妃派の人間が遺棄して国が没収した建物を下見に行きました。本来なら誰か護衛を着けていくところなのですが、一人でも大丈夫だと言いまして。それで実際に下見に赴いたところ、誰もいないはずの建物内に何者かが身を潜めていたようです」

それと同時に、そこには火薬と爆発物を生成していた形跡があり、身を潜めていた男は慌てて証拠隠滅を図ろうと火を放ったそうだ。

「誤ってその火が男に着火し、ユージーン君は爆発物にも火が及ぶ前に男を引きずってどうにか建物から脱出。ところが、出た瞬間に爆発が起こってしまったために怪我をしたと本人から聞いております」

　実際の状況を聞いてゾッとした。一歩間違えれば死んでいたかもしれない状況だ。よく一人の人間を背負ったまま脱出できたものだと、冷や汗を掻いたまま聞いていた。

　男は全身の熱傷で手当てを受けているものの、命は助かったようだ。ただ、意識がないので回復次第、取り調べをして身元の割り出しと目的を聞き出すことになっている。

「……夫がご迷惑をおかけしました」

「いえ！　そんなことは。……ただ、普段から何でも一人でやってしまうので、私たちはあまり頼りにならないのかなと思ったりします。そのたびに、自分自身、研鑽《けんさん》を積まなければと顧みることは多いです」

　きっとユージーンは有能なのだろう。だが、それがゆえに人を頼ることを知らない。それは一緒に働く人間からしてみれば、疎外感を抱かせる態度かもしれない。

「あの人は、信頼を寄せるということがどういうことか、まだ分からないのです」

　それは妻として寂しいことだけれど。寂しくて仕方がないけれど、彼を知れば知るほどにそれを実感する。だから、せめてユージーンが誤解をされないようにとフォローを入れることしかできなかった。

「大丈夫ですよ。彼は上手くやれています。まぁ、ときどき暴走するのが玉《たま》に瑕《きず》ですけど」

　そう話すグルーバーの表情に、グレースはホッとする。困った子どもに対してしょうがないと苦笑するような、そんな顔だったからだ。案ずるより産むが易し、だったのだろう。

診療所に着いて、グルーバーはそのまま扉を開けて中に入っていった。

部屋の中に何台も並べられた白いベッドの上に、ユージーンが一人で横たわっている。グレースの姿を認めた彼は、起き上がって目を丸くしてこちらを見つめていた。

「……グレース？」

彼の掠れた声が名前を呼ぶ。

額《ひたい》に貼られたガーゼや、服の袂から見える包帯、ところどころ煤《すす》けた顔。それにソワリと背中に悪寒が走って、グレースはギュッと胸の前で手を握り締めた。

「君のお姫様を連れてきたよ、ユージーン君」

ウインクをしたグルーバーは、グレースをユージーンのすぐ側まで運んできて下ろしてくれた。

身体のすべてに血が巡らないようなそんな酩酊《めいてい》感を覚えながらどうにかその場に立つと、久しぶりにユージーンと対峙《たいじ》する。

（……ちゃんと、生きていた）

息をしている。瞬《まばた》きをしている。話している。動いている。

ユージーンの挙動一つ一つを確認しては、夢ではないと実感する。痛々しい姿ではあるけれど、それでも命はあるのだと。

ようやくそれを実感できたとき、一気に涙が押し寄せてきた。

「……生きてた……っ……いき、……生きてたぁ！　よかったよぉ〜！」

安堵と喜びの限りに泣きじゃくり、ユージーンの首に思わず抱き着く。伝わってくるぬくもりも、耳元で聞こえてくる息遣いもまぎれもなく彼のもので、生きている証だった。

——ユージーンが無事でいてくれた。

もうそれだけで胸がいっぱいで言葉が出ずに、涙がとめどなく溢れてくる。まるで子どものように声を上げて泣きじゃくり、ユージーンが戸惑っているのにも関わらず縋《すが》り付《つ》いて離さなかった。

「グレース」

ようやく気持ちが落ち着いてきて涙も止まり始めた頃、ユージーンがいつもより優しい声で名前を呼ぶ。その声で徐々に我に返ってきたグレースは、顔を上げて彼を見やる。

そこには困ったように微笑んでいるユージーンがいて、ハッと今自分が何をしているのかを思い出し慌てて離れた。

グルーバーが置いていってくれたのだろう、先ほどまでなかったはずの椅子がベッドの側に置かれてあって、グレースはありがたく座らせてもらった。お礼を言おうと視線を巡らせたが、気を遣ってくれたのか彼の姿が見当たらない。

ユージーンにもグルーバーにも随分とみっともない姿を見せてしまったことを今さらながらに恥じらい、顔を真っ赤に染めながら俯いた。涙でぐしゃぐしゃになった顔をハンカチで拭う。

「……ご、ごめんなさい。あんなに泣いてしまって。無事な姿を見たら、止まらなくなってしまって。迷惑だったわよね？　抱き着いたりして……ごめんなさい」

「……その、……嫌だったわけでは……」

そろりと顔を上げて歯切れの悪い彼を見やると、見たことのない顔をしていた。照れているようなむず痒《がゆ》さを我慢しているような、何とも言えない顔を。今度はグレースが目を丸くして驚く番だった。

「ただ、あんな風に泣かれたことなかったから驚いた。『生きててよかった』なんて、言われたこと、なかったから」

だから戸惑ってしまったのだと彼は言う。その言葉にグレースはまた泣いてしまいそうになった。怪我をしてもそんな言葉をかけられなかった世界にいたのかと。

胸が切なくなって、苦しくて。グレースはユージーンの手を握り締めた。

「私、貴方が怪我したら心配するし不安になるし、泣いたりもする。生きてるって分かってても泣くだろうけど、それ以上に無事なことが嬉しくて嬉しくてたまらなくなる。私は、ユージーンが生きていてよかったって、心の底から思っているわ。――ユージーン、本当に無事で嬉しい」

分かってほしい。ここにこんな風に思う人がいるということ。ユージーンの言葉、行動、安否に一喜一憂して心を乱す、グレースのような人がいるということを。マルクトの盾にいた頃とは違う世界がここにあるということを。

今回で思い知った。

ユージーンと結婚してからいろいろあったし、すれ違いもした。彼の言葉に迷い、この結婚は間違いだったのかと挫けそうになった。

彼の中で一番になれない遣《や》る瀬無なさや、何を置いてもディアークのもとに向かって行ってしまうだろうその後ろ姿を想像して落ち込んだりもしたけれど、それがすべてではない。

「お願い、どうか死なないで」

何もかも、生きていなければ意味がない。ユージーンが死んでしまったら、眠れないくらいに思い悩むことも、また話し合うことだってできないのだ。

生きていればこそ、喧嘩もするし、泣き縋ることもできるし、笑い合える。

「もう悩むのはやめた。もう貴方の一番になれなくても、それでいい。仕事優先でも、顔を合わせる時間が少なくても、それでいい」

握り締めた手を額に寄せ、願いを込める。

「――生きて帰って来てくれるなら、それだけでいいの」

ユージーンが毎日元気に帰ってきますように。危険な目に遭いませんように。その命が無惨にも奪われる日がきませんように。

今、願うのはそれだけだった。

「グレース……」

戸惑う声が聞こえてくる。手がしっとりと汗ばんできて、体温があがってきてもいた。

「だが、俺はこの命に代えてでもディアーク様を守らなくてはいけない立場で……」

「そうだとしても、どうにか生き残って。ディアークも守って、自分の命も守って」

「それが無理な場合もある。いつどう危険が陛下の身に及ぶかも分からない。万が一俺が消えても仕事の替わりはきく。……君だって、新たに夫を迎えればまた新たな幸せをつくれ……いたっ」

バチン、と小気味いい音が診療所の中に響き渡る。思った以上に力が入ってしまったのか、ユージーンは痛みに顔を歪めて、驚いていた。

グレースは彼の言葉にムッとして、両頬を手で挟み込んだ。その際、手のひらが強く当たったようで半ばビンタのような形になってしまった。

それでも謝る気が出ないほどに、グレースは腹が立っている。

「だから！　どうしてそうやってすぐに自分の命を疎《おろそ》かにしようとするの！」

ユージーンのそういうところが許せなかった。腹立たしいし、悔しくもある。

「グルーバーさんに聞いたわ。貴方、誰か護衛をつれていけと言われても、一人で行ったって。犯人を一人で担いで脱出しようとして、危うく爆発に巻き込まれそうになったと。今ごろ、死んでいてもおかしくなかった状況だわ」

「だが、下見くらいは一人でできるし、それに犯人を生かしておかなければ情報を得られ……」

「そうやって何でもかんでも一人でやろうとするから命の危険が増すのよ！　ちゃんと仲間がいるんでしょ？　協力すれば一人で切り抜けられない窮地も、誰かと一緒なら切り抜けられるかもしれないじゃない！　ユージーンはもう、一人で戦う必要ないんだから！」

このわからずや！　と腹いせ紛れにもう一度軽く頬を叩いた。

「ごちゃごちゃ言ってないで、何が何でも、どんな手を使っても生きて帰って来るって約束して！　私は一番じゃなくてもいいって譲ったわよ！　今度はそっちが譲る番！」

もう譲るものかと、力の限りに睨《にら》みつける。ユージーンはそれに怯《ひる》んだように頭を少し退け、気まずそうに目を泳がせた。

「……お願いよ、ユージーン。約束して。私には貴方しかいないの。私の夫はユージーン、貴方だけよ。離婚をするつもりも、他の男性と結婚するつもりもない。貴方とこれからの未来を考えていきたいの」

「……俺と、未来を？」

ユージーンがちらりとこちらを見た。

「そうよ。たとえば、どこに出かけようかとか、何を食べたいかとか。旅行の計画を立てるのもいいわ。もちろん、領地の運営に関しても一緒に考える必要もあるだろうしね。あとは……子どもは何人ほしいとか、男の子と女の子どっちがいいとかそういう話も。仕事を引退したら何をしたいかとか一緒に考えると楽しいかもしれないわ」

近い未来から遠い未来まで。話をし出せばきっとキリがない。期待が膨らんではドキドキして、早くそんな未来がきてほしいとワクワクして、いつか絶対に実現しようと約束をする。そんな話をユージーンとしたい。

これから一緒に生きて、そんな未来を思い描きたいのだ。

「一緒にいよう？　ユージーン。家族になりましょう。家族を知らないなら一緒に学べばいいのよ。分からなければ訊いて？　私は側にいる。屋敷で貴方の帰りを待っているから」

ユージーンがくしゃりと顔を歪め、唇を噛み締めていた。まるで、泣き出すのを堪えるかのように、目元を赤く染めて。

「君は、馬鹿だ。もっと幸せになる道があるのに何故わざわざ苦労を背負い込もうとするんだ」

「何故かしらね？　ユージーンのこと、放っておけないからかも。それに、貴方と一緒にいるの、嫌いじゃない。もっと知りたい、諦めたくないからって思うから」

この気持ちは、どこから来るのだろう。

妻としての義務感？　ディアークに頼まれたから？　結婚してすぐに離婚など体裁の悪いことはできないからだろうか。

――それとも、いつの間にか愛情が芽生えていたのか。

はっきりとした答えは分からないけれど、この手を離したくない。

彼の孤独に寄り添って、グレースの孤独といつしか混ざり合って。そうしたらきっと寂しくなくなる。寂しさがなくなったらその先にあるのは、もしかすると誰にも感じたことのない特別な感情かもしれない。

「俺でいいのか？」

本当に？　と窺《うかが》うようなその瞳には、期待の光が灯《とも》っていた。グレースは、彼がようやくこちらに向かって歩み始めてくれたことが嬉しくて、その手を強く握り返す。

「ユージーンがいいの」

貴方しかいらないのだと、気持ちを込めて。

すると、彼は照れ臭そうにはにかんだ。

「分かった。じゃあ、俺にいろいろ教えてくれ。俺はでき得る限り……」

「絶対」

「……絶対に生きて帰ってくる。約束する」

「約束ね！」

　繋いだ手をブンブンと上下に振って喜んでいると、ハッと気が付いた。またやってしまったと気まずくなって手を離そうとしたが、その前にギュッと握り締められる。

　手を繋がれるのは嫌だったのではないのかとドキドキしていると、ユージーンは恥ずかしそうに俯く。

「……違うんだ。別に手を繋ぐのが嫌いなわけじゃない。あの日は、緊張して眠れなかった。君の手から伝わってくる体温やその感触に慣れなくて……胸が張り裂けそうなほどに緊張して。どうしていいか分からなかった」

　拒絶だと思っていた言葉は、慣れないものに対する戸惑いの言葉だった。今それを知って、グレースはホッと安心する。接触自体に嫌悪感があるのかと思っていたので、勢いとはいえ随分と酷いことをしてしまったと気に病んでいたのだ。

「私もね、ユージーンとこうやって触れているとドキドキする。でも、安心もするの。嬉しいし、幸せな気持ちになる」

　グレースは嬉しくて屈託ない笑顔を浮かべる。ユージーンもまた、微かに口元を緩めて目元を和らげていた。

「また、手を繋いで一緒に寝たい」

「これから毎日でも」

二人の時間がある限り、互いの存在を確認するように手を繋いで眠りに就こう。もう一人の夜は終わりを告げたのだと、心に棲《す》みつく孤独に言い聞かせるように。

「もう一度やり直したい。夫婦として、グレースと一緒に」


今回の怪我で一ヶ月の休養をディアークに命じられたユージーンは、仕事を休んで屋敷で療養することになった。癒えるまで仕事に出てくるなと言われたようだ。

これを機に、二人はずっと一緒にいて蜜月をやり直し始めた。

ユージーンがベッドの上の住人なので、二人分の食事を寝室に持ってきてもらって一緒に食べたり、夜は同じベッドで寝たり。今までできなかったことを、時間を取り戻すようにし始めたのだ。

最初は照れ臭くてぎこちなさがあった。話したり食事をしたりしているときは平気だったが、ふとした瞬間に沈黙が流れて、互いを意識してしまう。付き合いたての恋人同士のような初々しさやもどかしさがあったが、それがじれったくもあり楽しくもあった。

ユージーンを知っても知ってもまだ足りないと渇望するし、逆に自分をとことんまで知ってほしいと貪欲になる。それはとどまることがない。

たとえば、ユージーンは意外と照れ屋であるということに気が付いたときは、彼が普段見せない心の底に触れたような気がして嬉しかった。

感情を顔に出さないように訓練されているために普段は表情が見えないが、二人きりで話しているうちにだんだんと崩れてくることがある。特に夜寝るときに手を繋ぐと、いつも照れたようにはにかむのだ。顔を近づければ目元を赤く染めて目を逸らしもする。

ユージーンの仮面が剥《は》がれるとき、グレースはこの上なく胸が躍るのだ。

かと思えば大胆なときもあって、相も変わらず人前でグレースを抱きかかえることに羞恥がなかったり、ふとした瞬間に手を伸ばして髪の毛を触ってきたり、頬を撫《な》でてきたりする。

彼が触ってくるときは無意識である場合が多く、グレースを見ていたら触りたくなったから手が自然と伸びてくるようだ。しかも、それをグレースが指摘したり意識したりしても照れもせずに平然としているのだから驚く。

自分から攻める分には照れくささがないようだ。そのギャップにもドキドキしていた。

ユージーンはベッドの上では最初はあまり身体を動かせなかったので横たわっていることが多かったが、上体が起き上がれるようになってきたら、自前の武器を手入れしたりしている。

初めて見たときは驚きで飛び上がったが、グレースは徐々にその手際の良さに見入って見学するようになった。

「見ていて面白いか？」

つまらないだろう？　とユージーンは言うが、そんなことはないと首を横に振った。グレースの知らない世界だからこそ興味があった。彼の見る世界だから面白くもあったのだ。実際、何本もある小型のナイフが綺麗になっていく様を見ているのは楽しかった。

それが終わるとやることがなくなって暇そうにしていたので、勉強を兼ねて貴族のマナーが書かれている本を渡した。いずれは社交界に出なければならないので、遅かれ早かれ通らなければならない道だ。

読書とグレースによる座学を主に行っていたのだが、ユージーンは驚くほどに呑み込みが早い。特にこの国の歴史や人の名前、家名などは一度耳にしたらすぐに覚えていた。一度耳にしたものを忘れないようにも訓練してきたというのだ。

案外、知識として身に着くのは早いかもしれない。

それから、読書に没頭し始め、屋敷にある本という本を片っ端から読み始めた。それでは飽き足らず、使用人に頼んで新たな本を購入するほどだ。

「本は昔からよく読む。けれど、薬や毒の知識、あとは戦術、ありとあらゆる人に殺すための知識を詰め込むために読みはしたが、物語などは読んだことはなかった。哲学や美術史などもなかなか楽しい」

偏った知識しかなかったが、新たな知見を得られるのはこんなにも楽しく夢中になれるものなのだなと、ユージーンは嬉しそうに言っていた。

彼にとって新たな世界は忌避するものではなく歓迎するもののようで、グレースは安心する。この世界には楽しいことがたくさんある。夢中になれることも、もっと知りたいと願うものも。そういうものがもっともっと増えて、少しでも彼の執着になればいいのにと思う。

簡単に命を投げ出せないと思えるほどの執着に。

そしていつか、その執着の中にグレースが入れる日が来たらと、口には出さないが願っていた。

ユージーンが医者の了承を得て外に出られるようになると、二人で散歩をするのが日課になった。

始めは庭に出て二人で腕を組んで歩いた。お互い身体に不自由な部分があるので、たまに転びそうになったりしたが、そのときは相手を支えもした。何だかそれが楽しくて嬉しくて、二人で笑い合う。

さらに調子がよくなると、町に出て歩くようになった。ずっと、自分の足で出ることを拒んでいた屋敷の外に。

「町に一緒に出てみないか？」

ユージーンのその一言がきっかけだった。

彼は使用人とも話すようになってきて、その中でグレースが怪我を負ってから外に滅多に出なくなったことを聞いたらしい。それで、自分のリハビリも兼ねて、グレースに外出に挑戦してみないかと誘いをかけてくれたのだ。

正直、戸惑った。でも、嬉しくもあって、どう返事をしていいのか分からなかった。

ユージーンがグレースを思って誘ってくれている。それは、少しでもこちらに気持ちを向けてくれている証拠だった。だから、彼の申し出を無下にしたくなくて今すぐにでも頷きたかった。

けれども、やはり臆病な自分がひょっこりと顔を出す。この不自由な身体を笑われに行くだけになるかもしれないと。もしもそうなったら、嫌な思いをするのはグレースだけではない。ユージーンだって不快な思いをするだろう。

彼にはそんな目にあってほしくない。それは彼との結婚の話を持ち出されたとき、一番危惧していたことでもあった。

けれども、ユージーンは心配するグレースの手を握ってそれを否定する。

「俺は評価というものは、大切な人にだけされたらいいと思っている。赤の他人の評価は気にしないし、悪意を投げつけられても襲ってこない限り相手にしない」

グレースが心配しているものになど振り回されないと。

「分かるか？　俺にとっての大切な人は、君だ、グレース。俺が気にするのは、君にどう思われるか。それだけだ」

優しい顔で覗《のぞ》き込まれて、グレースは夢中で何度も頷く。

嬉しい。嬉しくて温かな気持ちが心の中から溢れて止まらない。『大切な人』と言ってもらえた喜びや、『君だけ』と言われて喜ぶ身勝手な独占欲。

まさかユージーンにそんなことを言ってもらえるなんて。

「君が心の底から嫌だと思うなら、無理強いはしない。けど、少しでも前向きな気持ちがあるのなら……一緒に挑戦してみないか？」

「……嫌じゃないの。でも、怖い……」

「一人でその恐怖に立ち向かうわけじゃない」

「ユージーンも一緒だから？」

「あぁ。もしも怖くなったら君の手を握るし、早く帰りたくなったら抱き上げて走って帰ってくるよ」

「怪我しているのに……」

そんな無茶《むちゃ》はさせられないと言うと、彼は微笑む。

「君のために何でもしたい。こんな俺を受けいれてくれた君に、俺ができることなら何でも」

その言葉に勇気づけられた。最初の一歩を踏み出す瞬間、ユージーンが側で支えてくれるのであれば、頑張れるかもしれない。

グレースもまた、変われるのだ。彼がそう言ってくれているような気がした。

実際、二人で屋敷の敷地から出たとき恐怖で竦《すく》み上がった。躊躇《ためら》ったし逃げ出したくもあった。けれど、ユージーンが傍らにいる。使用人数人も心配して見送りに来てくれていた。だから勇気を振り絞って、右足からゆっくりと前に出す。そして左足もそれに続いて、身体は完全に敷地の外に出ていた。

「……出られた」

「あぁ、そうだな」

たったそれだけのことだったが、グレースの中で凝り固まっていたものが溶けていくような気がしたのだ。

それから二人でゆっくりながらも町を歩き、お店を見て回ったりした。

ときおり、足を引きずりながら歩くグレースを奇異の目で見る人もいたが、以前のように肩身の狭い思いをすることはあまりなかった。そう思わせないようにユージーンが気を遣ってくれたのか、いつになく饒舌に話しかけてくれたのだ。

そのおかげで余計な雑音は耳に入らず、不安になる余裕すらない。ただ楽しくて、勇気を出してよかったと心の底から思えるひと時だった。

屋敷に帰って、無事に町中散策を終えた二人を使用人たちが出迎えてくれた。ようやく外に出られたことを一緒に喜び、祝福してくれたのだ。

ささやかだが使用人たちにお土産も渡すと喜んでもくれて、どこに行ったのか詳しく話を聞きたいと言われたので、皆でお茶をしながら話をした。いつの間にか屋敷の人間皆がサロンに集まり、ちょっとしたお茶会のような場になる。

そのまま夕食時になり、お酒も出して皆で晩餐《ばんさん》をとった。シェフにお願いして軽食を作ってもらい、主人も使用人も関係なく話に興じる。

グレースは久しぶりに声を出して笑った。ユージーンもまた、声こそ出さないものの、いろんな人と話をして楽しそうに微笑んでいるのを見た。

そろそろ宴もたけなわとなったところで解散をして、後片付けを頼んで二人で部屋に戻る。それぞれの部屋で寝る準備を済ませて、二人の寝室で共に寝るために。

「今日はありがとう。楽しかった」

グレースがベッドに座りユージーンにお礼を言うと、彼は自分も楽しかったと言う。

「君が嫌な思いをしなかったのならよかった」

その優しい言葉は、優しい微笑みと共にグレースに降りかかる。胸が高鳴って、もどかしい気持ちがブワっと膨れ上がった。

「久しぶりにあんなに歩いたから、足がむくんでしまったわ」

自分の中で渦巻くものを振り払うように、グレースはわざとらしいくらいに明るい声で言うと、彼は気遣わしげにグレースの足を見下ろした。

「痛みは？」

「少しあるかな」

雨の日の痛みほどではないが、普段よりも痛みがある。けれども、苦痛に顔を歪める痛みではなくて、達成感の伴った痛みだ。今日一日頑張った証のように思えた。

「見てもいいか？」

ユージーンが遠慮がちに聞いてくる。

「いいよ。……あんまり綺麗な足じゃないけど」

「関係ない。傷があろうがなかろうが、君のすべてを見たい。それだけだ」

琥珀色の瞳は怖いくらいに真面目だった。彼のその真摯さに誘われて、グレースは首を縦に振る。するとユージーンは足元に跪いた。

夜着のスカートを少したくし上げて足元を露《あら》わにした彼は、グレースの左足に手を添えて持ち上げる。あの醜い傷がユージーンの目に晒《さら》されていると思ったら、怖くて手が震えてきた。

ユージーンを疑っているわけではない。ただ、医者や特定の使用人以外にこの傷を見た者はいないし、グレースが進んで見せたこともなかったのだ。また新たな一歩を踏み出そうとしている自分に震えていた。

　深く傷が刻まれて痕が残る、自分の一番醜い部分。それを晒すことで、自分のすべてを預ける決意を固めるような気持ちになる。逆に、ユージーンはそれを受け止めると言ってくれているようで、胸が締め付けられた。

　スカートを膝までまくられ、傷をじいっと見つめられる。彼は切なそうに目を細めた。

「——ときおり、君は夜中に魘《うな》されている。苦しそうに呻《うめ》いて、足を何度も擦っていた。きっと悪夢を見ているのだろうと分かっていたが、俺はどうしていいか分からなかった。君の足を擦ってあげたかったが、俺にその資格があるか……。君の手を握って悪夢が覚めるようにと願うことしかできなかった」

　悪夢は嫌というほど見る。ユージーンと一緒に寝ていても、夢は両親が死んだ日を再現して、叩きつけられ、引き裂かれる痛みを思い出させた。夢を見たくないと願っても、忘れるなと訴えかけるように見せつける。

　けれども、魘されるグレースの隣で彼がそんな思いをしていたなんて知らなかった。しかも、この傷に触られることを怖がっていると悟って、どうしたらいいかと迷っていたとは。

　その真実に、グレースは先ほど抑え込んでいたはずの気持ちがさらに膨れて溢れそうになってくる。それなのに、声を落として悔やむように言う彼に、何と言っていいか分からない。

「触れても、いいか？」

その手で触れてほしい。

手を繋ぐのは好きだけれど、それだけじゃ足りない。

「……触って」

ユージーンにならどこを触られても構わない。触れて確かめて、グレースのすべてを知って深くまで捕らえてほしい。初夜だと臨《のぞ》んだあの日も、すべてを曝《さら》け出す気持ちで寝室に向かったが、それは妻としての義務感が大きかった。

でも今は。今は心の底から願うのだ。

この醜い傷ごと、受け止めてほしいと。

——受け止めて、愛してほしい。

「…………っ」

ユージーンが、傷口の縁に沿って指を滑らせる。引き攣れた部分を擦り、深く抉《えぐ》られた痕も撫でつけた。痛みがあるわけではないが、緊張で息を呑んだ。

「痛むか？」

「ううん。普段はぜんぜん。でも、雨が降ったり歩きすぎると、痛むときがあるの。もう治ったのにね」

「古傷はときどき痛みを持つ。それが厄介だ」

「ユージーンも痛むときがあるの？」

以前、彼が『自分にも傷がたくさんある』と言っていたのを覚えている。同じ傷を持つ者として興味を持って聞いた。

「痛むが、痛みを痛みと感じない訓練を受けた。他の感覚に代替するんだ」

苦痛を忘れるために。忘れて、自分の使命を余計なことに煩わされないように。痛みをすべて忘れてきたのだと彼は言う。

「簡単に忘れられるものなの？　……忘れてもいいの？」

たしかに痛みがなければ楽だ。辛くないし、涙を流さなくてもいい日がくる。けれども、この痛みを忘れてしまったら、両親との思い出もすべて風化してしまうような気がした。悲しみも忘れて、悼《いた》み偲《しの》ぶ気持ちすらなくしてしまうのではないのかと。

人間らしい感情をその痛みと共に忘れることは、果たして本当にいいことだろうか。

「私も見てもいい？　ユージーンの傷」

彼はグレースのお願いに頷き、自分のシャツを勢いよく脱いだ。すると、その下から出てきたのは、綺麗に筋肉がついた逞しい身体と、目を覆わんばかりの無数の傷だった。

その痛ましさに、グレースは口を真一文字に引き結ぶ。一瞬、思わず目を背けそうになったがとどまった。彼のすべてを知りたいというのは、その傷の一つ一つをも知るということだ。

鋭いもので斬られたような痕や一本筋に引き裂かれたような傷が多かったが、鋭利なもので抉られた痕や、焼き鏝《ごて》を押し当てられたようなものまであった。もうそれらは塞がって引き攣れたような痕になってしまっているが、見ているだけで彼の痛みの数々がこちらに伝わってくるようだった。

ユージーンの生きた証だ。彼が死線を潜《くぐ》り抜《ぬ》けて、今まで生きてきた証拠。

けれども、グレースにとっては痛ましくても悲しい傷痕だった。

「……これからは、痛いときはもう我慢しなくてもいいのよ。痛かったら、痛いって言ってもいいの。もうユージーンは、痛いとき痛いって言ってもいいのよ」

戦いは終わった。苦痛で泣き叫んでも、叱責して切り捨てる人はもういないのだ。

代わりにグレースがいる。痛いときは擦ってあげるし、泣きたいときは抱き締めてあげる。一人で堪える必要も、他の感覚に置き換える必要なんてない。

「自分の生きたいように生きていいのよ。――誰かのためじゃなくて、自分のために生きて、ユージーン」

今さらこの傷を綺麗になくすことはできない。そんなのは、グレースが一番よく知っている。だからこそ、これからは傷つかなくてもいいように、傷ついたら一人で耐える日々がなくなるように側で寄り添うのだ。

手を伸ばして首に腕を回し、彼のすべてを抱き締める。アッシュブラウンの髪の毛を手で撫でつけて、人と触れ合うのはこんなにも優しい気持ちになれるのだと伝えた。

ユージーンは少し身じろぎ、こちらを見上げる。彼の琥珀色の瞳は戸惑いに揺らめき、頼りなさそうに見える。

縋るように背中に伸ばされた手は、強い力を持ってグレースを抱き締めてきた。

「……自分のために生きるなど、考えたことがなかった。考えてはいけないのだと思っていたんだ。俺は誰かに命令され、そしてそれを遂行することで生を見出《みいだ》すのだと、そうやって一生を終えていくのだと思っていた。それが相応しいと……」

「そんなことない。誰だって自分のために生きていいのよ。命令される人生じゃなくて、自分で考えて、そして誰かと共に考えて歩む人生を歩んでいいの。そういう時代を、ディアークと共に作ってきたんでしょう?」

そんな時代をつくったユージーン自身が、それを実感できなければダメなのだ。楽しんでほしい、今を。もっともっと見てほしい、自分の未来を。

「――なら、グレース」

はぁ、と吐息を吐いたユージーンは、グレースの背中を擦る。

その手が熱くて、身体ごと、心まで溶けてしまいそうなほどに熱くて、こちらまで熱を帯びた息が漏れ出た。

「君に、触れてもいいか?」

希《こいねが》うようにユージーンの顔がゆっくりと近づいてくる。お互いの鼻がくっ付き、彼はまるでその先を想像させるかのように鼻先を擦り合わせた。

「足だけではなく、もっと……深くまで」

顔を傾けて、唇がもう少しでくっ付きそうな位置で留まり、彼はもう一度名前を呼ぶ。

「グレース……」

その声に誘われるように、静かに目を閉じた。

瞼《まぶた》が下りるのと同時に、唇に熱いものが押し付けられる。それが彼の少し厚めの縦皺《たてじわ》の美しい唇だと思うと、途端に幸福感がグレースを満たした。

（……キス、されている）

結婚式でも神の前でしたキス。あれは誓いの言葉を封じ込めるために儀式的にしたキスだった。事務的で義務的な、味気のないキス。

けれども今は、ユージーンが望んでしてきたキスだった。そしてグレースも望んだ、二人の愛を交わす行為だ。喜びに満《み》ち溢《あふ》れた、幸せのキスだった。

そっと唇が離されて、名残惜しさに目を開ける。するとユージーンは目元を赤らめて、困ったような顔をしていた。つられてグレースも顔を赤く染め上げると、こちらにちらりと目線を向けた彼は、口元を手で覆い天を仰いだ。

「……参った……どうしよう。これだけじゃ足りないかもしれない」

それこそ本当に困った声でそんな可愛らしいことを言うので、グレースも困ってしまった。こちらから『もっとしてもいい』と申し出ていいものなのかと迷う。

直接口には出せないが、せめて自分も同じ気持ちだと伝えるために、彼の腕を軽く引っ張る。するとユージーンは、身体ごともっと近づいてきてグレースを押し倒してきた。

背中をベッドに預けた状態で、上に圧し掛かって来た彼を見上げる形となった。ギシ、とベッドが軋《きし》む音をさせながら腰の横あたりに膝を置いたユージーンは、次に顔の横に手を突いた。耳元で軋む音が聞こえてきて、緊張が高まってくる。

「もっと、欲しがってもいいのか？」

彼の瞳の奥に、欲の炎が揺らめいているのが見える。切なげに眉根を寄せられて、今にも走り出しそうな衝動を理性で無理矢理押し込んでいるような、そんな顔で見つめられてしまうと首を横になど振れるはずもなかった。

拒むはずがない。先ほどから欲しがっているのは、グレースも同じだからだ。

「……欲しいとき、欲しいと言ってくれたら私も嬉しい」

顔の横に突かれた彼の手首に手を絡ませ、顔を寄せる。甘えるように頬を擦りつけると、息を呑む声が聞こえてきた。

「……全部……全部欲しい。君の全部が欲しい……グレース」

「うん」

「こんなの浅ましい」

「そんなことないよ」

「けど、今はそれしか考えられない。君のことしか、考えられないんだ」

自ら何かを欲することにまだ抵抗があるようで、ギリギリのところで戦っている。どこかまだ捨てきれない昔の名残が、ユージーンの欲に歯止めをかけている。

けれども、彼の顔は如実に欲望を表していて、まるで飢餓状態の獣がご馳走《ちそう》を前に我慢をしているようにも見えた。

「……私も、同じ。ユージーンが欲しいってずっと考えてる。だから……」

その願いを叶えてほしいと強請《ねだ》れば、堰《せき》を切ったかのようにユージーンは欲の炎を一気に滾《たぎ》らせた。せめぎ合うように競り上がってくる気持ちをぶつけるようなキスをされ、グレースはそれを必死に受け止める。

唇同士が隙間なく重なり合い、啄《ついば》むように吸われて離される。そしてすぐにまた角度を変えて唇を食まれ、さらに深く繋がり合った。

表面だけの触れ合いだけでは足りないと、その先を望むように何度も何度も唇を啄まれる。鼻で息をすることを忘れたグレースは、空気を求めて口を開けて小さく喘《あえ》いだ。見計らったのか、ユージーンは開いた口にかぶりついて舌を捩《ね》じ込《こ》んでくる。肉厚の舌が口内を蹂躙《じゅうりん》し始め、グレースはビクリと身体を震わせた。

「……ふっ……ンぅっ……んんっ」

ゆっくりと歯列がなぞられたあとに、上顎を舐《ねぶ》られる。ただくすぐったいと思っていたその行為は、戸惑ってしまうほどに甘い疼《うず》きをもたらし、背中から腰にかけてゾクゾクとした感覚を呼び起こした。

（……なに、これ）

初めての感覚に怯えて、ユージーンの肩をギュッと握り締める。そのときに爪を立ててしまったらしく、ピクリと眉根を寄せた彼は、一旦唇を離してこちらを覗き込んできた。

二人とも息が上がっていて顔が赤く色づいている。吐息が熱くて、触れ合う肌が熱く火照っていた。

「……あ、あの、私、どうすれば……？　こういうとき私も何かした方がいいの？」

「分からない。けど、君は君がしたいようにしたらいい。何もしなくてもいいし、逆に俺にしてほしいことがあるのなら、言ってほしい」

したいようにと言われても……と困惑するグレースの唇を再び塞ぎ始めたユージーンは、自分勝手に口の中を舌で愛撫《あいぶ》した。

疼きが強く出た上顎はもちろん、舌同士を絡ませ合って擦り、ときには吸ったりもしてきた。唇を舐《な》めてはまた塞いで、そして口の中を弄ぶ。徐々に疼きも強くなってきて、下腹部がきゅんと切なくなってきた。

これが快楽というものだろうか。徐々にそれが分かってきたグレースは訳の分からない疼きに抗《あらが》うことはやめて享受し始めた。すると、先ほどよりも身体が高揚してくる。

「……あぁ……はぁっ……ぁ」

はしたない声が止められず、口を塞がれても漏れ出してしまう。恥ずかしくて内心悶《もだ》えていたが、一方ではこの触れ合いを止めたくもなかった。

ユージーンの肩にしがみ付いて、彼に与えられる奔流のような愛撫を受け止め続けた。

必死になっているグレースを労わるように、彼の手が頭を撫でつけてくる。ゆっくりと生え際から後頭部に向けて流れるように何度も。そのうちそれが頬に下り、首筋に滑り、そして胸元へと辿り着く。

デコルテ部分を手のひらでサワサワと擦られて、グレースの緊張はいよいよ高まった。

この先まで触れられたらと思うと、期待と不安でいっぱいになる。心臓の鼓動が彼の手にまで伝わってしまうのではないかと思うと、恥ずかしくて仕方がない。

けれども、変に身構えて止めたくはなかった。

できるならその先を知りたい。そして、名実ともに夫婦になりたい。

――仮初の夫婦から、本物の夫婦に。

その願いを胸に、ユージーンの手を受け入れた。

「……ふぁ……あっ……ぁ」

夜着の上から乳房を優しく掴まれて、形と柔らかさを確かめるようにゆっくりと揉《も》まれる。自分の身体の一部が誰かの手で弄ばれる感覚にゾクゾクし、その中に微かな快楽が生まれてきた。

徐々に硬さを持ち始めた胸の頂に、彼の指が触れたり夜着が擦れるとそれが顕著になる。曖昧だった快楽が一瞬大きなものに膨れ上がり、はぁ、と熱い吐息を漏らした。

ぷっくりと勃ち上がった頂は、夜着を押し上げてその存在を主張し始める。それに気付いたユージーンは何度もそこを指で弾《はじ》き、グレースはそのたびにあられもない声を上げた。

「気持ちいいのか？」

「……その……あっ……あっ……ンぁっ」

はっきりと言葉にしたら、はしたないのではないかと思っていたグレースは、何と言っていいのか分からずに言葉を濁す。けれどもユージーンがそれを許してはくれずに、答えを強請るように頂を親指と人差し指で摘まみ上げて虐《いじ》めてきた。

「……ンやっ……あっ……ひっ……んっ」

「ほら、やっぱり気持ちよさそうだ。……けど、俺の勘違いだったら言ってくれ。匙《さじ》加減《かげん》が分からない」

首筋にちゅっ、ちゅっとキスをしながら聞いてくる。

その言葉に、もしかしてユージーンもこういう色事は初めてなのだろうかと気付いた。

「言ってくれないと、俺の思うがままに君を滅茶苦茶にしてしまいそうだ」

掠れて上擦った声は、切羽詰まって切実なものに聞こえた。堪らなく愛《いと》おしくなる。

初めてのことに怯えるのもお互い様で、それを補うのもお互いあってこそだ。少し恥ずかしいが、彼に不安を抱かせたままでは嫌だと口を開いた。

「……気持ちいいよ。ユージーンに触れられる場所は、どこも気持ちいい」

手を繋ぐだけでは得られない快楽や、ぬくもり、安心感。そして、じわじわと溢《あふ》れ出《で》てくる愛おしさ。それらを実感できるから、もっと触れてほしい。

遠慮なんかいらない。

「滅茶苦茶に……してくれてもいいの。ユージーンにされるなら、構わない」

どんな形でもいい。刻んでほしいのだ、グレースの中に傷を。一生消えない傷を。もう足の傷など霞《かす》むくらいの、大きな傷をユージーンの愛情で刻んでほしい。

「……君は俺にこれ以上に理性をなくせと言うのか」

苦しそうに呻く彼に、グレースは微笑みながら頷いた。

その様子を少し怖い顔で見下ろしていたが、何かのスイッチが入ったかのようにユージーンはグレースを思い切り掻《か》き抱《いだ》く。

「……グレース……っ……グレース……っ」

己の欲に突き動かされるように何度も名前を呼び、胸元にキスを落とす。夜着の上から啄むように口づける彼の唇は、胸の頂に辿り着いた。

そこにも口づけを落とした後に、舌を出してべろりと舐める。

「……ひぁっ……んっ……あぁ……あっ」

夜着の上から唾液を絡ませて舐るので、頂の形が分かるほどに透けてしまい、見るからに卑猥《ひわい》だった。しかも、夜着の色が白のせいか色も透けて見えて、そこが赤く熟れ始めてきているのも分かってしまう。

あまりにも刺激的な光景に恥ずかしくなって目をつむる。だが、視覚が遮られたことにより触覚が鋭敏になり、吹きかけられた息にも感じてしまった。シーツをギュッと握ってその刺激に耐える。

もう片方の胸も同じようにされて、腰がゆらゆらと動き始めた。下腹部が熱を持ち、きゅんと切なく疼く。

それなのに、さらにその疼きを促すようなことをユージーンがしてきた。

「……あぅ……あっ……まって……それぇ……ひゃぁっ……あンっ」

舐めるだけでは飽き足らずに、頂を口の中に含んだのだ。乳輪をすっぽり覆うように咥《くわ》え、思い切り吸い上げてくる。

吸われ、歯でコリコリと扱《しご》かれて、ジンジンと腫れあがったそこを癒《いや》すように舌で優しく撫でてくる。そうすると、先ほどよりもさらに敏感に快楽を拾うようになってしまう。

また新たな刺激に啼《な》いたグレースは、いやいやと首を横に振った。強すぎる刺激にどう対処していいか分からず、少し待ってほしいと懇願する。

だが、ユージーンは舌で弄ぶ様子を見せつけるようにこちらをちらりと見て、さらに激しく愛撫をしてきた。

夜着を捲《めく》り上げて素肌を露わにすると、乳房を下から持ち上げ頂を突き出させる。もう柘榴《ざくろ》のように赤く熟れていたそこを再び口の中に入れて、今度は直接舐めてきた。

「……ひぁっ……あぁンっ！　あっ……あぁ……ぁっ」

一枚布を隔てたときとは違う、舌のざらりとした感触が気持ちよすぎて頭がおかしくなってしまいそう。柔肉に歯を立てられて本当なら痛みを感じるはずの刺激も、快楽に侵された身体は気持ちよく感じてしまう。

もうこの身の内に滾る欲望を止める術《すべ》はないのだと知らしめるように、ユージーンは執拗《しつよう》にグレースを虐めてきた。ときおり暴走して少し乱暴な愛撫をするときもあるが、それでも嬉しかった。理性をなくしてしまうほどに夢中になってくれていると分かるからだ。

肌のいたるところを強く吸われて痕を残されると、自分はユージーンのものなのだと思える。

この身体につけられた痕が、凄惨な悲劇の残滓《ざんし》だけではなくなっていくことに、どれほど心が救われているか。

グレースはこの身体に貪りつくユージーンを見下ろし、愛おしさを募らせていく。

徐々に愛撫を下腹部に向けていった彼は、臍《へそ》の下辺りを音を立てて啄み、手を脚へと滑らせた。大きく武骨な手が、太腿から膝に、そしてそこから傷痕へと下りてくる。

ユージーンは上体を起こして左足首を持ち上げると、傷に沿って舌で舐めてきた。

「……っ……ぁっ」

思わずその行動に涙がこみ上げてきそうになる。悲しいからじゃない。嬉しくてどうしようもないほどに彼が愛おしくて、この荒れ狂うほどの感情をどうしたらいいか分からない。

まるで獣が傷口を舐めて癒すかのように、ユージーンは舌を這《は》わせてキスを落としてくる。見るだけで醜く触ることも躊躇《ためら》うほどのものなのに、彼はそれを蕩《とろ》けた目で見つめ、愛おしそうに愛撫してくるのだ。

まるで、グレースのどんな部分でも愛しているとでも言うように。

目が離せなかった。彼もまた、こちらを見ている。

その琥珀色の瞳に熱く見つめられてしまうと、皮膚の下で燻《くすぶ》る熱を引きずり出されるような気分になる。現に興奮して息が上がり、身体が高揚していた。

一通り傷口を愛《め》でると、ユージーンは手で下着をゆっくりと脱がせてくる。そして、唇を膝から太腿に移動させて内腿を舐めてきた。

「……ひぅっ……うぅぁ……んぁ……」

太腿のきわどい部分に舌が這い、薄っすらと快感が舌の感触に上乗せされてくる。痺《しび》れのようなものが腰に伝わり、下腹部を切なくしていった。

秘所からはとろりと蜜が滴り、徐々に潤みを帯びていく感覚に気付いたグレースは、恥ずかしくて顔を手で覆う。まだ直接触れられたわけでもないのに、こんなにも濡《ぬ》らしてしまうなんてと自分の身体のはしたなさを恥じた。

秘所は刺激されれば濡れ、それが挿入の手助けをするのだと聞いていたのに。ユージーンはこんなはしたない身体を見て何と思うだろう。不安に駆られてしまう。

けれども、そんなグレースの心情などお構いなしにユージーンの指は秘所に伸び、閉じられた秘裂を割り開いた。その瞬間、とろとろとまた蜜が溢れ出てしまう。

その様子を彼に見られたと思うと、恥ずかしくて仕方がなかった。

「……そんな、見ないで」

消え入りそうな声で懇願すると、ユージーンはぺろりと自分の唇を舐めた。

「……嫌だ、見たい。君のココ、誰も見たことがないんだろう？」

「あぁっ！　……あっ……ふぁっあっ……あっ」

くちゅり、と淫靡《いんび》な音を伴って指が差し込まれ、中を検分するかのようにぐるりと円を描かれる。入り口を揉《も》み解《ほぐ》すように媚肉を擦られて、グレースはビクビクと身体を震わせた。

「これからも俺だけが知る場所だ。じっくりと見て、じっくりと知りたい」

「……あっ……あぁ……」

ユージーンがこんな情熱的な言葉を言うなんて。聞いているだけで、悦《よろこ》びで頭がおかしくなりそうになる。そんなことを言われてしまったら、もう好きにしてほしいとこの身体を委ねるしかない。

指で知るだけでは足りなかったのか、ユージーンは秘所に顔を近づけて舌で蜜をすすってきた。じゅるじゅると舐め取られた後、陰核の皮を指で剥かれてそこも舌で弄《いじ》られる。

「ひぁっ！　……あっあっ……なに……？　あっ、そこ……だめ……あぁっ！」

今までとは比べ物にならないくらいの快楽が一気に身体を突き抜け、身体が跳ね上がった。強すぎる刺激に腰が浮いて、逃げるように退《しりぞ》く。

ところが、ユージーンが逃がすまいと、太腿を掴み大きく脚を開かせて動けないようにしてしまう。それによってさらに舐めやすくなり、口での愛撫が激しくなってきた。

陰核が吸われ、堪らず大きく喘ぐ。どろっとまた奥から蜜が溢れてきた膣《ちつ》の入り口に指を差し込み、ゆっくりと奥へと沈ませていった。

中に何かが入ってくる。その感覚に怯えたが、すぐに陰核にもたらされる快感によって打ち消される。隘路《あいろ》を割り開く指は、奥へ奥へと遠慮もなく進んでいった。

指の根元まで埋め込まれると、今度は狭い道を広げるようにグリグリと膣壁をこねくり回される。

「……あっ……ンぁっ……あぁっ……ひゃぁ……ンんっ」

それにも気持ちよさを感じてしまって、もう何が何だか分からなくなった。指を動かされ、馴《な》染《じ》んでいけばいくほどに快楽が強くなる。

それは指が二本に増やされても同じで、むしろ質量が増えたおかげでより一層膣壁への刺激を拾いやすくなった。

強請るように中が蠢《うごめ》き指を締め付け始める。蜜もとめどなく滲《にじ》み出て、子宮が切なく啼いている。体温が上がりしっとりと汗ばむ身体が、淫らな熱を持て余していた。

上体を起こして秘所から指を引き抜いたユージーンは、蜜で穢れた手をじぃっと見つめる。随分と濡らしてしまっていたようで、彼の手首にまで蜜が滴っていた。それをユージーンは舌で舐め取り、余すことなく味わい尽くす。

自分の手に舌を這わせるその姿があまりにも卑猥で、刺激的過ぎて。心臓がバクバクととんでもない音を立てている。加えて、彼がもう片方の手でトラウザーズの前を寛《くつろ》げ、中から硬くそそり立った屹立《きつりつ》を取り出してきたので、グレースはビクリと肩を震わせた。

初めて見る男の人のそこ。思った以上に大きくて逞しい。それに色も赤黒くて、血管が浮き出てビクビクと震えていた。

あんな凶器みたいなものが、自分の中に挿入《はい》ってくるのかと思うと恐ろしかったが、いよいよかという期待も膨らんだ。これからが、名実ともに夫婦になるための儀式の本番なのだ。

蜜口に屹立の穂先を押し当てて、少し中に潜らせる。熱塊の熱さに媚肉が震え、滑りを足すように愛液が滲み出てきた。

ユージーンはベッドに両手を突き、顔を近づけてくる。

「……グレース」

艶のある声で名前を呼ばれ、チュッと唇にキスを落とされた。それを合図に彼は腰を押し付けてきて、屹立を穿《うが》ち始めた。

「……あっあっ……ンぁ……あぁ……ぃたっ……」

身体が中から引き裂かれるような痛みに顔を顰める。膣壁を擦り隘路を抉るように突き進んでくる屹立を呑み込むことに必死になって、息を止めていきんでしまう。

「……呼吸、しろ、グレース」

ユージーンも狭くてきついのか、息を荒げてグレースに呼吸を促してきた。慌てて喘ぐように呼吸を再開し始めると、彼は中が緩んできた隙を狙って強引に奥へと腰を進めていった。

「あぁっ！　……まって、ゆっくり……ぁっ……ひぁンっ」

「悪い、無理だ。許してくれ」

切羽詰まった声で謝ってきたユージーンは、グレースの身体を抱き締めて一気に最奥まで穿ってくる。ズン、という衝撃と痛みに、一瞬頭が真っ白になったグレースは目を見開いた。

「……すまない、グレース。すまない。余裕が全然なくて、本当に……」

眉根を寄せて必死に謝ってくる彼は、痛みに喘いでいるところを慰めるように何度もキスをしてきた。舌を絡ませて気持ちいいところを執拗に攻めて、少しでも痛みが和らぐようにと必死になっている。

キスの合間に何度も『すまない』と言う彼がいじらしい。

たしかに受け入れる痛みは想像以上のものだったし、大きなものを受け入れている圧迫感に苦しんではいるけれど、グレースの胸は喜びでいっぱいだった。

——これで、本当の夫婦だ。

どんな苦痛もこの喜びに勝るものはない。

だから、大丈夫だと彼の背中に手を回して抱き締める。謝る必要などどこにもないのだと。

それに、動かないでいてくれたおかげで、徐々に破瓜《はか》の痛みも和らいできていた。

「……もう、大丈夫よ」

じくじくとした鈍痛はあるものの、耐えられないほどのものでなくなった頃に、グレースは彼の耳元で囁く。

すると、ユージーンは唾を呑み込んで、熱い吐息を吐きながらゆっくりと腰を動かし始めた。

大きな屹立が中で小刻みに動き、膣壁を擦り上げてくる。やはり開かれたばかりの隘路は痛みを伴ったが、その大きさに慣れていくと痛みと圧迫感以外のものが現れ始めてきた。

「……ふぁっ……あぁ……あっ」

擦られるたびに快楽が大きくなっていく。指で弄られたときと同じように気持ちよさに中が蠢き始め、腰が甘い疼きに震えた。

それどころか、指よりも質量があるためか、ユージーンの律動が大胆になってくる頃には、奥を突かれるたびに快楽に咽《むせ》び泣《な》くようになった。ヒクヒクと媚肉が震えて屹立を締め付け、もっと欲しいとはしたなくも強請っている。

パン、パン、と肌がぶつかり合う音が部屋の中に響き、ユージーンの腰の動きが激しさを増してきた。まるで飢えを満たすかのようにグレースの奥へと何度も屹立を打ち込み、それだけでは足りないと貪るように唇を重ねてくる。

「……ンふぅ……んンぁっ……ぁ……あぁっ」

剛直に膣壁をゴリゴリと擦られて快楽が身体中に走り、それを封じ込めるように情熱的な口づけを繰り返し落とされる。逃げ場をなくした快楽は、グレースの中で荒れ狂い、大きな塊となって下腹部に募っていった。

何かが腹の奥から迫って来る。そんな感覚が突かれれば突かれるほどに強くなっていくのに、その正体が分からずに怯えてユージーンの首にしがみ付く。これが一気に押し寄せてきたらどうなってしまうのだろう。

「……グレース……ぁっ……グレース……」

ただひたすらにグレースの名前を呼ぶ姿に、胸が切なくなってグレースも求めるように名前を呼んだ。

汗ばんだ肌が熱くて、鼻をくすぐる彼の匂いに情欲が煽《あお》られる。下腹部で渦巻く快楽の塊はいつ弾けてもおかしくないほどに大きく膨れ上がり、グレースを追い詰めてきた。

「……あぁっ……もぅ……あっ……ひぁっ……あぁっ！」

頭が真っ白になってどうにかなってしまいそう。

ユージーンの逞しい背中に爪を立ててどうにか正気を保とうとしたが、足搔《あが》けば足搔くほどに快

楽に溺れていく。

与えられる快楽だけじゃない。グレースを悦びの海に沈めているのは、ユージーンがたとえ肉欲からだとしても、グレースを求めてくれていると分かるからだ。安心もするし、また愛おしいとも思う。

情熱的に感情を剥《む》き出しにして自分を求めてくれている姿に、胸が締め付けられる。

自分にもこんな幸せを噛み締めるときが来たんだと実感する瞬間でもあった。

「……ンぁっ……はぁっあっ……あぁ……ダ、メ……もぅ、ダメ……っ……あっ！　あぁっ！」

強く腰を打ち付けられて胎の最奥をグリグリとされると、快楽の塊が一気に弾けた。甘やかな喘ぎ声を上げて、グレースは絶頂を迎える。ビクビクと腰が震えて、手足に力が入る。

すると、膣の中も痙攣《けいれん》して媚肉がきゅうきゅうと屹立を締め上げた。ユージーンも中の扱《しご》きに堪えかねて、小さく喘ぎながら吐精する。

小刻みに腰を動かし、びゅくびゅくと白濁の液をグレースの中に注ぎ込む。そのたびに屹立が膣壁を擦るので、まだ引かない快楽の余韻が刺激されてしまい、また喘ぐ羽目になった。

すべてを吐き出し終えたユージーンは、グレースを抱きすくめた。まだ離れていたくないとでも言うように、身体同士の隙間をなくすようにぴったりと。

「……身体は大丈夫か？」

「うん。平気」

秘所はじくじく痛むし、腰も痛いけれどそれでも平気だった。ユージーンを受け入れた証拠だと思えば、何ら辛くはない。

けれども、ユージーンは難しい顔をして何かを考え込んでいる。どうしたのかと首を傾げると、彼は中に挿入ったままの屹立を少し動かした。それによりまた感じてしまって、息を詰める。

「……これはいわゆる初夜というものなんだろう？」

「そうね」

半ば勢いとその場の雰囲気で二人でベッドにもつれ込んだが、初めての情事なのでそういうことになる。一度は流れてしまった初夜をやり直し、二人は夫婦となった。

「あの……これは、一回で終わらせなければならないものなのだろうか」

「え？」

思いもよらぬ問いかけに目を見開くと、ユージーンは目元を真っ赤に染めていた。頬も上気して、恥じ入りながらもまだ終わらせたくないと言ってきている。

「……グレースを抱き締めていたら、凄く胸がドキドキした。身体が熱くて、気持ちが高揚して、今まで感じたことのない安心感が生まれて……こんなの初めてだ、グレース。もっともっと、この心地よさを味わいたい。君を、もっと抱き締めたい。もっと、欲しい。──離したくない」

初めての感情に戸惑い、そしてそれをもっと味わいたいと縋ってくる。切なさで溢れた瞳で見つめて、懇願するような言葉でグレースの心を揺り動かそうとしていた。

必死な姿に、思わず頷きたくなる。

けれども、ユージーンはだいぶ動けるようになったとはいえ病み上がりだし、グレースも昼間の疲れに情事の疲れが重なって限界を迎えていた。

本当は『いいよ』と言って、喜ぶ姿が見たいのだが、ここは首を横に振った。

「ごめんなさい。今日はもう……身体が……。それに、そんなに動いたら、貴方の身体にも障るし……」

何とか彼を悲しませないようにと言葉を選んで断ったが、それでもユージーンは残念そうな顔をする。その顔がまるで棄《す》てられた子犬のように見えて、心が痛んだ。

「そうだな。悪い。君にも負担をかける行為だと分かっているのに……我儘《わがまま》が過ぎた」

肩を落として理解を示す彼がいじらしい。むしろ、普段我儘など言ったことがないであろう彼が我儘を言ってくれて嬉しかった。

このままユージーンの願いを叶えられないまま終えるのも惜しい。グレースは、中から屹立を引き抜いて離れていこうとする彼を見ながら、必死に考えた。

「……キスなら？　キスならどうかしら？」

これならば身体への負担も少ないし、お互いに気持ちよくなれるだろう。

だが、ユージーンは動きを止めて、キョトンとした顔をした。意外な反応に、グレースは焦る。

「キスは嫌だった？」

「いや、キスも気持ちいいから好きだ」

それはよかったと胸を撫で下ろした。

ユージーンが顔を近づけてくる。

「――君を見ていると胸がざわつく。でも、触れるとそれが落ち着いて、気持ちが高ぶってくる。見ていても、触れていても、君が足りないと飢えてしまうんだ。――何故だろう」

チュッ、と唇を食み、また唇を落とす。

何度も、飢えを満たすように。舌を絡ませて、深く繋がりを求めてきた。

グレースもそれに応えながら、彼を求めるように手を首に回す。

――いつか、彼のその感情に名前がつきますように。

そして願わくば、それが愛情であるように。

願いを込めるように、グレースはユージーンに口づけた。

第三章

長いように思われた一ヶ月の休養はあっという間に過ぎた。終わってみれば短くて、最後の方には足りないと思ったくらいだ。それほどにユージーンと過ごす時間は楽しくて、充実していたのだろう。

医者の許しを貰い、仕事復帰の許可をディアークにも貰ったので、ユージーンは今日からまた出勤をする。朝から仕事着に着替えて、出仕する支度を整えていた。

だが、今までと違うのは、朝食を一緒に食べてくれるようになったところだ。朝日と共に屋敷を出ていた彼が、グレースとの時間をとってくれている。

おかげで見送りもでき、笑顔で『いってらっしゃい』とも言える。ずっとやりたかったことが、ようやく実現できるようになった。

玄関まで一緒に行って、こちらを見下ろす彼に笑顔を向ける。

「いってらっしゃい、ユージーン。気を付けてね」

「ああ。行ってくる」

静かな声で返事をしたユージーンは、背中を向けて玄関の扉を開けようとした。

ところがピタリと動きを止めて、こちらを肩越しにちらりと振り返る。

何か忘れものだろうかと声をかけようとしたが、また扉の方を向いてしまう。だが、すぐにこちらを振り向いて、何かを言いたそうにしていた。

「どうしたの？」

痺れを切らしたグレースは彼に問いかけると、ドアノブから手を離して身体ごとこちらに向き直る。難しい顔をしてじいっとこちらを見下ろしている様子から察するに、何かを言いたいが上手く言葉が出ないらしい。

グレースは彼の言葉を根気強く待った。

「……こういうとき、『早く帰ってくる』とか、『一緒に夕食を食べたい』とか、気の利いた言葉を言うべきなのだろうが、軽率な約束はできない。仕事によっては無理な場合もある。けど、君に何か言葉を残したいと思って考えたが、何を言ったら君が喜んでくれるか分からない」

しょぼんと悲しそうな顔で言うので、思わず噴き出しそうになった。そんな些細なことで悩むなんて、真面目過ぎる。

「そうね。たしかに約束は反故《ほご》になる可能性はあるけれど、それでも約束は欲しいわ。言葉にするのとしないのでは、きっと違うだろうから。もしも約束が果たせなさそうなら、帰ってきて私に謝ればいい。言ったでしょう？　大事なのは、貴方が生きてここに帰ってくることだって」

だからそんな顔をしないでと、手を握って元気づけた。夜まで会えないのに、哀《かな》しみに暮れた顔で別れるのは寂しい。

「分かった。今日は、夕食を一緒に食べられる時間に帰る。帰るように努力する。……だから、待っていてほしい」

手をギュッと握り返してきたので、グレースは大きく頷いて笑顔を送る。待つのは得意だ。ユージーンのためならば、いくらでも待てるような気がした。

さて、そろそろ出なくてはいけない時間のはずなのだが、彼は手を握ったままこちらをまたじぃっと見て、難しい顔をしていた。

まだ何か言いたいことがあるらしい。

もう一度問い直そうかと思ったが、その前にユージーンが口を開いた。

「ずっと一緒にいたからか、この手を離すのが惜しい」

目元を赤く染めて、恥ずかしそうに。それにつられて、グレースも頬を染めて照れてしまう。

「わ、私も同じ気持ちよ？」

「帰ったら、君にたくさん触れてもいいか？」

「……どうぞ」

その答えに満足したのか、するりと指先を滑らせるように手を離した彼は、屋敷を出て行った。

グレースは背中を見送り、扉を閉める。

彼の姿が見えなくなった瞬間、腰を抜かしそうになった。それをどうにか耐えて、あの日から玄関に置きっぱなしにしているソファーに腰を下ろした。ひじ掛けに凭《もた》れるように身体を預け、脱力する。

──甘い。ユージーンが甘すぎる。

最近の彼は驚くほどに甘くて、慣れないグレースには刺激が強すぎた。ユージーンの前ではどうにか取り繕うようにしているが、一人になるとどっと照れが押し寄せてくる。

そもそも、最初に会った頃と態度がまったく違うのだ。あんなに不愛想で冷徹だったユージーンの面影は、今ではまったく見当たらない。

グレースに触れたがるし、いつも側にいようとする。真面目で不器用な彼は普段は寡黙なくせに、ときおりとんでもない甘い言葉を発するのでグレースも毎度驚かされていた。

嫌なわけではない。むしろ嬉しくて仕方がないのだ。ただ、その甘さに慣れずにこちらの心臓が持たないというだけで、こんな風に腰砕けになるほどに嬉しい。

彼の甘さは、グレースに対し心を開いている証拠だと思っている。何がきっかけだったのは正直分からないが、長期戦覚悟だったので驚きしかない。

それと同時に、ユージーンとの距離が近づくたびに、自分の心も変わっていっているのが分かった。夫婦だから、家族になったのだからという義務感から、徐々に愛情が芽生えていっている。

きっとあの嘘のない、実直な言葉の数々に救われているのだ。真面目で不器用な部分も可愛いと思えるし、複雑な生い立ちであるがゆえに抱える仄暗《ほのぐら》い部分も理解したい。

情事のときに見せる情熱的な姿に胸が高鳴るし、頼りなさそうにしている姿を見れば抱き締めて慰めたくなる。

ユージーンという人をひとつひとつ知り、そのたびに惹《ひ》かれていっているのだ。グレースだって手を離したくないと思えるほどに、先ほどは名残惜しかった。

この感情に名前を付けるのであれば、それは『愛情』なのだろう。両親やディアークたちに向ける感情とはまた違うもの。もっと深く、もっと執着じみている。

今はその愛情に溺れ、そして幸せを噛み締めている。

けれども、ユージーンはどう思ってくれているのだろう。心は開いてくれてはいるが、果たしてそれを愛情と名付けてもいいものなのか。それが一番悩ましい。

彼にとっての一番は、主であるディアークだ。そう明言されているし、グレースもまたそれを承知している。

それが分かっているから、どんなに甘さを持って接されても愛情からだと確信できないのだ。

きっとこれは生涯の課題になるだろう。たとえディアークにグレースと別れろと命令されても、ユージーンが思い悩んでくれるほどの絆を築いていければいいのだけれど。

少し謙虚に、でも妻としての領分を忘れないほどの主張はしていきたい。

「グレース様、そろそろ行商人がやってきますよ」

ソファーの上でいろいろと考えごとをしていたら、使用人が横から声をかけてきた。知らせてくれたことにお礼を言い、手を借りて立ち上がる。

今度、アウネーテの誕生日を祝うパーティーがあるので、それに参加するための装飾品を購入するために行商人を屋敷に呼んでいた。普段は社交界にはまったく顔を出さずに引き篭もっているが、毎年アウネーテの誕生日パーティーには顔を出しているのだ。

彼女はこういう盛大な催し物が大好きで、『お姉様もぜひ参加してください』とあの可愛らしい顔でお願いされたら断れない。それに、友達としてお祝いに駆けつけたいという気持ちもあったので、顔を見せる程度だが参加していた。

ただ、今年はユージーンがいるので、顔を見せる程度では終われない。彼をグレースの伴侶として紹介しなければならないし、ガーランド伯爵として顔を売り込む必要だってあった。

ユージーンは本格的に社交界デビューをするのだが、今まで参加を拒んできたグレースも久しぶり過ぎて心境としては彼と同じようなものだ。

マナーなどは休養中に一緒に勉強したので、その成果がこのパーティーで発揮できるかどうかがユージーンの課題となるだろう。

グレースはまた別の課題を持っていた。

やはりどうしても拭えないのが、自分を見る他人の厳しい目への不安感だ。以前もパーティーに出たら、足を引きずって歩くグレースを見て密かに笑う人がいた。アウネーテと仲良く話せば眉を顰められるし、面白半分でディアークとの仲を勘繰られて揶揄《やゆ》されたこともある。

足を怪我してからはとんといい思い出のない社交の場だが、今回は隣にユージーンがいてくれる。彼のために逃げるわけにはいかないし、そんな悪意を撥ね付けるほどに装いだけでも完璧なものにしようと意気込んでいた。

気にはしないと言ってはいたが、やはりユージーンに恥をかかせたくはなかった。

今日一日はパーティーの準備でほとんど潰れるだろうから、そこまで寂しさを感じずにいられれるかもしれない。行商人からは自分の装飾品を購入するつもりだが、一緒にユージーンへの贈り物も買おうと考えていた。遅れて社交界デビューする彼への励ましの意味を含めた餞《はなむけ》だ。

それを選ぶ楽しみもあって、今からワクワクしていた。プレゼントは、パーティー当日に贈る予定だ。

こんなに社交界に行く日を心待ちにするなんて、デビューしたとき以来かもしれない。

両親が生きていた頃のように、いろんなことを楽しめるようになってきた自分がいて、嬉しかった。何でもない日常が愛おしい。

約束通り、ユージーンは夕食時に帰ってきた。少し遅れたけれど、それでも急いで帰ってきたようで、慌てた様子で屋敷の玄関の扉を開けた。

「おかえりなさい、ユージーン」

扉が開く音を聞いて廊下に出たグレースが笑顔で言うと、彼はホッとしたような顔をして近づいてきた。

「すまない。少し、遅くなったかもしれない」

「大丈夫よ。ちゃんと帰って来ると思って、夕食を食べずに待っていたの。もしも間に合いそうになかったら、使いを送って教えてくれただろうから」

だから何も心配する必要はないのだと言う。

すると、ユージーンはグレースを抱き締めてきた。安堵の溜息と共に。

「まだ、『ただいま』って聞いてないよ？」

背中をポンポンと叩くと、少し身体を離してこちらの顔を覗き込んできた。

「ただいま」

素直に帰りの挨拶をしてくれた彼は、優しい顔をしていた。約束を守れたことに、よほど安堵したのだろう。グレースにまた、怪我もなく帰って来てくれたと喜んでいた。

「グレース、朝の約束を覚えているか？」

「え？　……う、うん」

朝あれだけ悶絶《もんぜつ》したのだから忘れるはずがない。

「君にキスがしたい」

「い、今？」

「今すぐ、ここで」

こんな廊下で、誰が通るかも分からないところで？　とグレースは狼狽《うろた》えた。キスはしたいけれど、場所がいけない。

だが、ユージーンはそんなことは関係ないようで、容赦なくキスをせがんでくる。

「……少しでいい。今日一緒にいられなかった分」

その時間だけのキスが欲しい。

唇を近づけられ、囁くように強請られると、拒めなかった。少しだけならと、絆《ほだ》されて許してしまう自分がいる。

彼の唇を見つめたまま拒む態度も見せないのをいいことに、ユージーンはあっという間に唇を奪っていった。グレースは彼の背中を強く抱き締める。

「……ンぁ……ふぅ……ぁ」

彼の熱い唇は、熱をこちらに送り込むかのように深く繋がってきた。少しだけと言いながらも、しっかり舌は絡ませているし、互いの唾液を混ぜ合わせるような動きをしている。

身体がぐずぐずに溶けてしまいそうなほどの熱を注ぎ込み、グレースの官能を呼び起こす。見る見るうちに火を着けられて、子宮が切なく啼いた。

「……ぁ……ダメ……も……あぅ……ンん」

「……もっと欲しい……グレース」

また甘い声で強請ってくる。その声に逆らえなくて、唇に応えてしまう。だんだんと気持ちよさに酔いしれて、手にも力が入らなくなっていった。

このままじゃ、腰が砕けてしまいそう。

口づけに翻弄されて我を失いそうになりながら、どうにかユージーンを突き放そうとした。ところが、先に離れたのはユージーンの方だった。グレースの肩を掴んで、距離を取る。

離れれば離れたで寂しくなったグレースは、惜しむように彼の胸に手を当てようとした。

「あら！　ユージーン様お帰りなさいませ。お食事のご用意できておりますよ！」

食堂からひょっこりと顔を出してきた使用人が、声をかけてきた。それに『すぐに行く』とユージーンは返事をする。

なるほど、人がやって来る気配を察知して離れたのかと合点がいったグレースは、自分がしようとしていたことを思い出して恥ずかしくなった。あのまま『もう一度』とキスを強請らなくてよかったと、心から思う。

顔を真っ赤に染めて俯く。そんなグレースを見た彼は額に唇を落とし、そのあとに耳元に寄せて、先ほどの熱の余韻を含めた声で囁いた。

「続きは、今夜」

それは夜の密事を思わせる言葉だった。耳元からゾクゾクとしたものが腰まで下りてきて、声だけで快楽を得てしまう。

ユージーンに手を引かれて食事の席に着いたが、胸がいっぱいですぐにお腹《なか》が満たされてしまった。もう身体も心もユージーンでいっぱいだ。

今夜も抱かれてしまうのかと思うと、ソワソワしてしまう。

初夜を迎えてからしばらくは控えていた情事だが、最近はグレースは夜ごとユージーンに抱かれていた。まるで蜜月のように、夜は身体を重ねて甘いときを過ごしている。

初めて契りを交わした翌日は、グレースはいろんな疲れも相俟《あいま》ってベッドに臥《ふ》せっていたのだが、それをユージーンは自分が閨で無理をさせてしまったからだと考えたようで、甲斐甲斐《かいがい》しく世話をしてくれた。

今までと立場が逆だと思いながら、グレースはそれに甘えていたのだ。だが、それが三日も続くとさすがにやり過ぎだと思い始める。

もう秘所の痛みもなくなったし、足の調子もいいので心配するほどでもないと言っているのだが、グレースが思った以上に彼は初夜に理性をなくして暴走したことを悔やんでいるようだった。

特に、翌日、シーツについていた破瓜の血を見て衝撃を受けていた。顔こそ冷静そうに見えていたが、内心相当動揺していたのだろう。

「君がこんなにも痛い思いをしていたのに、俺は浅ましくも、もう一度したいと言ってしまっていた。欲に塗《まみ》れた自分が恥ずかしい」

何故あんなに自分を止められなかったのかと不思議で仕方がない。ユージーンは神妙な顔で言っていた。

数日は手を繋いで寝るだけだったのだが、そのたびに彼が難しい顔をして何かを言いたそうにしているのを見た。自分から言い出したくとも遠慮して言い出せないでいるようだ。

なので、グレースから申し出た。

「触っても、大丈夫だよ」

その言葉でようやく手を伸ばしてきたユージーンは、グレースにキスをする。

「……ずっと、触れたかった」

そう切ない声で囁いて。

グレースを再び抱いた彼は、最後まで理性的だった。あまりにも冷静で丁寧過ぎて、グレースが音を上げるほどだ。

もう大丈夫だと言っても、まだ足りないと秘所を時間をかけて解し、口と指で翻弄され続けた。

もうそれだけで達してしまうこともあって、何度『もう挿入れてほしい』と強請ったか分からない。

挿入もゆっくりで、グレースが痛みを感じないようにと気を遣い続けた。こちらが快楽を得やすいようにと動いてくれる。初夜のときのような苦痛など一切なくなり、身体に芽生えるのは気持ちよさと愛おしさだ。

優しくて、グレースのすべてが蕩けてしまいそうなほどの愛撫に溺れてしまう。今日もそんな夜になるのだろう。

胸が熱くなって、堪らず熱い吐息を吐いた。

パーティー当日は、ユージーンは城で仕事があるらしく、会場で合流する手筈となっていた。

先日行商人から購入した宝石を元に、職人に頼んで作ってもらったユージーンへのプレゼントをいつ渡したらいいものかと悩んだが、結局は朝に渡すことにした。

朝、屋敷を出る前にユージーンを呼び止めて、綺麗に包装した小箱を手渡す。

「これは？」

突然差し出された物を見下ろし、戸惑いながら聞いてきた。少し怯えているようでもあった。

「今日のパーティーで、本格的にガーランド伯爵として皆の前に出るでしょう？　そのお祝いというか、励ましの贈り物みたいなものかしら」

ユージーンに何か贈って、どんな反応をくれるか見たかったというのが本音ではあるので、建前の意味付けは何でもよかった。喜んでくれたら嬉しい。ただ、それだけだ。

ところが、ユージーンは贈り物を手に持ったまま固まってしまった。瞬きもせずにグレースの顔を見つめている。

「……もしかして嫌だった？」

物言わぬ彼に不安になって聞いてみると、ユージーンはハッと弾かれたかのように我に返り、首をブンブンと横に振った。

そして困ったような、照れているようなどちらともつかない顔をする。

「……誰かに贈り物をもらうなんて初めてだから驚いた」

「え？　初めて？」

驚きの声を上げると、無言でコクリと頷く。

「服の支給とか、武器の支給とかそういうのはあったが、個人的に何かを祝って贈り物をもらうということがなかった。そうだな……祝われたことすらないかもしれない」

そう言葉にしながら、彼の顔が徐々に綻んできた。贈り物ひとつで動きを止めてしまうほどに驚くなんて、逆にこちらの方が胸が締め付けられて言葉が出てこなくなってしまいそうだ。

「ありがとう、グレース。中身を今見ても？」

もちろんと頷いた。

緊張した面持ちで小箱を開ける姿を見守りながら、グレースもまた緊張を高まらせた。ユージーンにとっての初めての贈り物を、果たして気に入ってくれるかと心配になった。

そんな大切な意味合いを持つ贈り物ならば、もっと吟味すればよかったかもしれない。

でも、そんなことは杞憂《きゆう》だったようだ。小箱の中身を見た瞬間、ユージーンがくしゃりと顔を崩して嬉しそうに笑った。

「カフリンクスにしてみたのだけれど、どうかしら？」

ユージーンに贈ったのは、チェーンのカフリンクスだ。

紳士の嗜《たしな》みとして身に着けている人が多く、父も使っていたのを覚えていた。あまり派手でもなく、護衛の仕事にも支障がなさそうなものを選んだつもりではあるが、彼はこれをどう思うだろう。ドキドキしながら言葉を待った。

「彫られているのは、ガーランド伯爵家の紋章だな。凄いな。わざわざ俺のために作ってくれたのか？」

「うん。行商人から貴方の瞳の色と同じ宝石を買って、それを埋め込んでもらったの」

「そうか。そうか……」

そうしみじみとした声で言って、パタンと小箱の蓋を閉める。そして、グレースを抱き締めた。

「何て言葉で表したらいいか分からない。この喜びを君に伝えるには、胸を切り開いて見せるしかないってくらいに、今胸を打たれている」

「よかった。喜んでくれて、私も嬉しい」

ユージーンの腕の中でグレースも喜びに浸る。贈ってよかったと心の底から安堵した。

「君はいつも俺に、俺が知らない感情を教えてくれる」

それはどういう意味だろう？　と問い返そうかと思ったが、その前にこめかみにキスをされてタイミングを逃してしまう。

「行ってくる。気を付けて城に来てくれ」

結局訊けないまま彼の背中を見送ることになってしまったが、午後になればまたすぐに会える。それを楽しみに、グレースはさっそくドレスに着替えるために自室に向かった。

今回着るドレスも、実は悩みに悩み抜いて決めたものなので、袖を通すのが楽しみだった。

外に出る機会もなく、そのため世情に疎くなってしまったグレースはまずはドレスの流行から学ぶ羽目になった。仕立て屋と使用人の意見を聞きながら、どうにかこうにか自分の納得のいくものを用意できたのだ。自分でも気に入っているし、ユージーンの隣に並んでも遜色ないだろう。

きっと、彼は社交の場で目立つ。新顔だし、何よりその容姿が人の目を惹くほどに整っているからだ。特に女性たちの目は光るだろう。

牽制《けんせい》の意味も込めて、なるべく綺麗な自分でいたい。社交の場に、自信が陰る要素を一分たりとも残したくなかった。

トルソーにかかっているのは、オフホワイトの生地に紺青と金の糸で薔薇《ばら》の刺繍《ししゆう》が施されたドレスだ。スタイルの流行こそ、デビューした当初とはあまり変わり映えしていないが、胸に当てるストマッカーを派手にかつ優美に飾るのがいいそうだ。そのためか、縁にはレースがあしらわれ、リボンのエシェルがついている。五分袖で、袖口に数段に重なったレースが施され、手袋と合わせれば何とも優美だ。

胸元が大きく空いているので首に装飾品をという話になり、悩みに悩んだがデコルテを美しく見せるために大きなレースのリボンがついたチョーカーを着けることにした。

髪の毛も使用人に綺麗に結い上げてもらい、宝石と真珠を填め込んだ髪飾りとレースで彩る。

化粧が終われば、見事に美しく着飾ったグレースが鏡の中にいた。

見栄《みえ》ではあるのだが、できれば若く見えるようにしてほしいと使用人にお願いをしている。

グレースは二十三歳、ユージーンは二十歳だ。たった三歳の差だが、今のグレースにとっては大きな差だった。彼の見目がいいだけにどうしても気になってしまう。

一生埋められない差だと分かってはいるが、抗って損はないだろう。一応妻としての矜持だ。

時間となり、用意してもらっていた馬車に乗り込む。

前回、馬車に乗って城に向かったのは、ユージーンの怪我の報せを聞いて飛んでいったときだ。あの日は生きた心地がしなかった。

それだけじゃない。いつも馬車の小窓から見る景色は楽しいけれど、どこか寂しさが募っていた。でも、今日はこの胸に寂しさは差し込んだりはしない。

ユージーンがカフリンクスを身に着けた姿を早く見たい。

会って顔を見たいし、手を繋いで一緒に歩きたい。

アウネーテの誕生日を祝うという本来の目的を忘れてしまいそうなほどに、胸が期待で膨らんで舞い上がってしまっている。

馬車が城について、外で待ち構えてくれていたフットマンが会場まで一緒についてきてくれた。

フットマンの彼がユージーンから言伝《ことづて》をもらっていたようで、会場入りが遅くなりそうなので待っていてほしいと告げられる。別室で待つかと聞かれたが、手間をかけさせるのも申し訳ないのでそれを断った。

会場の隅、目立たない場所に椅子を用意してくれているそうなので、そこでユージーンが来るまで待つと告げる。わざと端の目立たない場所を選んでくれているのは、アウネーテの配慮だろう。

今回のパーティーには国中の貴族を招待しているようで、数年前まで二分していた国の貴族たちの親和をさらに図る意味を含ませているのだろう。形式ばった仰々しい儀式では醸し出せない気軽な雰囲気の中で、親交を深めていってほしいというアウネーテの願いが込められている。

会場に入ると、人はすでに溢れかえっていた。眩《まばゆ》くて目を覆わんばかりの豪華絢爛《ごうかけんらん》な光景が飛び込んできて怯んでしまったが、ゆっくりと足を踏み入れた。

視線を感じる。突き刺すような、奇異の目がこちらを向いているのを感じていた。それを振り払うように歩き、椅子に腰を下ろす。

会場を見渡すと、アウネーテはいるようだがディアークの姿は見当たらない。側にグルーバーがついていて、招待客と挨拶をしていた。

ユージーンはディアークと一緒にいるのだろう。政務が長引いているのか、それとも抜け出せない用事があるのか。

そんな中、アウネーテはしっかりと王妃として頑張っている。

結婚したばかりのときは、年齢のせいで頼りなさや幼さが目立ったが、今では笑顔で挨拶を交わしている姿に頼もしさすら感じていた。

ユージーンが来たら改めてアウネーテにお祝いの言葉を贈りに行こうと、今から言葉を頭の中で用意する。それに没頭して、パーティーを自分なりに楽しもうとしていた。

「こんな隅で、一人でどうしたの？」

そんな中、一人の男性がグレースに声をかけてきた。椅子に座っているグレースの頭上から、覗き込むように。

「……あの」

「付き添いの人は？　まさか一人で来たわけじゃないでしょう？」

こちらの戸惑いなどお構いなしに、男性は矢継ぎ早に質問をしてくる。こんな風に直接声をかけられるなど久しぶりだったので、何と答えていいか分からずに目を白黒させていた。

「……私、今日は夫と」

「へぇ……既婚者？　でも、ご主人の姿が見えないようだけど？」

「仕事で遅れておりまして」

「仕事でねぇ……。でもこんなところに妻を一人で置いておくのは、さすがに無神経なんじゃないかな？」

「え？」

何故か男性の口調はこの場にいないユージーンを責めるものになっていて、見ず知らずの人がそんなことを言う意味が分からなかった。文句を言われる謂《いわ》れもなければ、わざわざグレースに言ってどうしたいのだろうと、少しムッとする。

もしかして、ユージーンの知り合いなのだろうかと思ったのだが、そうではないらしい。

「こんな可憐《かれん》な人が一人でいたら、他の男が放っておかないと思うけどなぁ。私のように、綺麗な花に惹かれてついつい声をかけてしまう人もいる」

まるで誘いかけるような言葉を言い、流れるような手つきでグレースの手を取った。触られた感覚にソワリと肌が粟立《あわだ》ち、離そうとした。ところが、男の力が意外にも強くて剥がせない。

「レディ、お名前を聞いても？」

執拗なほどに聞いてくるので、グレースは根負けして俯いた。どのみち、この足ではこの手を振り払ってどこかに逃げることも難しい。

「ガーランド伯爵夫人です」

敢えてファーストネームを言わず、家名と既婚であると主張するように答えると、男はひょいと片眉を上げて小馬鹿にしたような顔をした。

「ガーランドって……あぁ……あの家か。ということは、君は一人生き残ったっていう娘かい？　怪我で片足が不自由になったという。だから、こんなところに椅子が用意されているのか」

名前を聞いてグレースの素性に思い当たったようで、彼は先ほどの紳士的な態度を崩して居丈高に言ってきた。言葉の端々に悪意が見えて、グレースは警戒するように睨み付けた。

「へぇ……君みたいな人でも、結婚できるんだねぇ。随分と社交の場に顔を出しもせずに屋敷に引き籠もっていただろう？　どうやって見つけたんだい？」

手のひらを返すように不遜な態度になった男は、こちらを値踏みするように顎を指でクイっと上げてきた。

それが酷く鼻に着くし、何より見下した顔に腹が立ち、グレースは負けじと睨《にら》み返《かえ》した。怯んだり、怖気《おじけ》づいた様子を見せれば一気に付け込まれる。それは、幾度も経験してきたので知っていた。

こういう輩は、弱いものをいびるのが大好きなのだ。

「手を離していただけますか」

毅然《きぜん》とした姿を見せ、強い口調で彼を拒絶すると、男は気分を害したように口元を歪めた。

「随分と強気な人だ。そう言えば、君、陛下の愛人だって噂もあるね」

「事実無根です」

「でも、仲がいいのは事実だろう？　上手く取り入ったものだね。女性一人では生きづらい世の中だから、男の後ろ盾が必要だろう」

「彼とはそういう関係ではありませんから」

「じゃあ、君の夫とやらにはどうやって取り入ったんだい？　そんな満足にダンスも踊れない足の妻を娶るなど、何かしら甘い話がなければしないだろう」

男の言葉に口を噤《つぐ》む。

たしかに、ユージーンが自分と結婚したのは爵位を得るためだ。彼の言う『甘い話』とやらに該当するだろう。だから、完全に否定はできなかった。

だが、その素直さが隙を作る。男はニヤリと下卑た笑みを浮かべて顔を近づけてきた。

「私にも是非その手管《てくだ》を見せてごらんよ。気に入ったら夫がいない寂しい間、遊んであげよう」

「ご冗談を」

失礼にもほどがある。あまりの物言いに腹が立ち、これ以上顔を見ていたくなくて懸命に手を外そうとした。だが、そのたびに無理矢理押さえ込まれて逃げられない。

「お前のような女と遊んでやると言ってるんだ。少しは光栄に……グぁっ！」

最低な言葉の連続に吐き気を催しそうになったが、突然男が潰れたような声を出してきたので驚いてそちらを見る。顎を掴んでいた手も離れて、男の身体は何故か遠のいていっていた。

どうやら男は誰かに後ろ襟を思い切り引っ張られて引き倒されたらしい。無様に床に転がった男を呆然と見つめていると、目の前に誰かが背中を向けて立ちはだかった。

ユージーンだ。

「何だよお前！　乱暴じゃないか！」

男は床を這いつくばりながらユージーンに向かって叫ぶ。見てはいないがその様子から察するに、男を引き剥《ひは》がしてくれたのがユージーンなのだろう。男は大変腹を立てて、彼に食って掛かった。

だが、ユージーンはただ無言で男を見下ろしている。

一度だけこちらをちらりと肩越しに見たが、そのとき見せたユージーンの顔は酷く恐ろしいものだった。思わず小さく悲鳴を上げてしまいそうになるほどの形相で、明らかに男より彼の方が怒っていた。

あんな顔、初めて見る。

衝撃的だった。ユージーンのいろんな顔を見てきたが、怒りの顔は見たことがないと気付いた。

また男に視線を戻したユージーンは、一歩前に進み出る。男は警戒するように睨み付けた。

「……初めまして。グレースの夫のユージーン・ガーランドです。妻に何か御用でしょうか？私でよろしければ承りますが？」

休養中に一緒に練習した挨拶だ。それに倣って男に慇懃《いんぎん》な態度を取っている。

だが、声色が恐ろしくて圧を感じるのだ。心の内に滾る怒りを無理矢理抑え込んでいるようにも思えた。

「もし、間違えているのなら申し訳ないのですが、貴殿はチャンバー子爵の御子息《ごしそく》では？」

「あ、あぁ……そうだが。よくご存じで」

いつの間に覚えたのだろう。二人で勉強したのは家名と家系図、あとは爵位についてだけで、顔などは似顔絵などがない限り分からないはずだ。

男もそうだろうが、グレースもまたユージーンを見上げながら驚いていた。

「ええ、知っております。貴方が女性問題を多く起こすので、勘当寸前だとか。今日ここに潜り込んだのも、どこかのご夫人の愛人としてなのでしょう。新たなパトロン探しのためでしょうか？火遊びもお好きなようだ」

つらつらと出てくる男の情報は随分と女性としては聞くに堪えないものだが、真実なのだろう。

男も顔を引《ひ》き攣《つ》らせて動揺している。まさか、初対面であるはずのユージーンが自分の素行を調べ上げているはずがないと。

ユージーンはまた一歩、男ににじり寄り、上体を屈めた。男に顔を近づけて右耳を掴んで引っ張り上げる。

「……ってぇ！」

「覚えておけ。今後俺の妻を侮辱したり、……ましてや触ったりしたら、その喉笛を掻っ切ってやる」

「……ひっ！」

「俺の得意技だ」

とんでもなく恐ろしい脅し文句だったが男には効果覿面《こうかてきめん》らしく、震えていた。『会場から去れ』と告げると、男は這《ほ》う這《ほ》うの体《てい》でその場から逃げていく。

グレースは、その一連の流れを目を丸くして見ていた。普段は温厚な彼が、あんなに怒りの感情を剥き出しにして不穏な言葉を口にするなんて信じられなかった。

彼の背中を不安げな目で見つめていると、こちらをゆっくりと振り返った。どんな顔をしているのか分からず、ビクリと肩を震わせる。

ユージーンが何を言うのか。怒りをそのままに、怖い顔をしているのだろうか。初めてのことでどうしていいか分からない。

「グレース、大丈夫か？」

ところが、振り返ったその顔はいつもの彼だった。あまり表情豊かではないが、眉尻を下げて心配げな瞳を向けている、グレースの知っているユージーンだ。

こちらに近寄り、目の前で傅《かしず》く。

「遅くなって申し訳ない。もっと早く来たかったんだが、少し仕事が長引いて」

「ううん、大丈夫よ。ありがとう、助けてくれて」

胸が熱くなって涙が込み上げてきた。

強気な態度であの男に立ち向かってはいたが、内心は震えるほど怖かったのだ。侮辱されたり、悪意のある言葉を投げつけられるのは慣れるものではなかった。

たしかに、怒ったユージーンは怖かったけれど、安堵もまた大きかった。目の前に立ちグレースを庇《かば》うその姿に、抱き着きたくなるほどに嬉しかったのだ。

「念のためにあの男は衛兵に摘まみ出すように言っておく。むしろ、俺がそうしたい」

「できれば穏便に。でも、よく彼がチャンバー子爵の御子息だと知っていたわね」

「今日、会場に出入りする人間は全員調査済みだ。警護の面から必要だと判断して、俺の頭に叩き込んでいた。特に、要注意人物は念入りに」

生真面目で記憶力がいい彼だからこそできたことだろう。それで合点がいった。

「怪我などは？」

「ないわ」

「何を言われた」

「……別に大したことじゃないわよ」

微笑んで答えると、彼は苦しそうな顔をする。

手を握り、慰めるように親指でグレースの手の甲を撫でた。

「言ってくれ。あいつと君が話しているのを見かけたとき、君は酷く悲しい顔をしていた。君があんな顔をするようなことを、あいつは言っていたんだろう？」

「そうだとしても、その悲しみを貴方が全部消し去ってくれた。今だって、こうやって寄り添ってくれることで、癒されている。ありがとう、ユージーン」

敢えて耳にする必要はない。聞いても不愉快なだけだろうし、今はそんなことで彼を煩わせたくない。

だが、ユージーンは不服そうにしていた。難しい顔をして何かを言いたそうだったが、結局口を噤んでグレースの指先に唇を落とす。大事そうにしてくれている姿に、ただただ愛おしさだけが募っていた。

「カフリンクス、似合っているわ」

ふと目に入ったそれが、ユージーンの雰囲気にとても合っていた。彼も少し照れ臭そうな顔をして自分の手元に視線を落とした。

「ありがとう、グレース。俺の一生ものの宝になる」

身に着けた姿を見て改めて思う。本当に贈ってよかったと。

「さぁ、ご挨拶に行きましょう？　先ほどからアウネーテ様がちらちらとこちらを見て、待ちかねているわ」

そう誘いかけると、彼は素直に頷いてくれた。

会場に来ているのにまだ近くに来ない二人を、アウネーテが今か今かと待ちかねて何度も視線を寄せていた。急いで首を長くして待っている彼女の許《もと》へと向かわなければならないだろう。

ユージーンの手を借りて立ち上がり、二人で歩く。

ディアークも会場にやってきたようで、アウネーテの隣に並んでいた。

「よくいらしてくださいました、ガーランド伯爵夫人」

いつもは『お姉様』と親しみを込めて呼んでくれているが、公の場では身分相応の話し方をしてくる。グレースもまた、同じように立場を弁《わきま》えて少し距離を取った話し方を心掛けるようにしていた。

「お招きいただきありがとうございます、王妃様」

礼をとり、形式的な挨拶をする。いつもとは違う距離感がもどかしいが、それはアウネーテも同じようで、うずうずとしたような顔でこちらを見つめている。今にもいつものように飛びついてきそうだ。

「それにしても、二人とも仲がよさそうでよかったわ。やっぱり私の目に間違いはなかったわね。貴方たち二人は、絶対にお似合いだと思っていたもの。ねぇ？　ディアーク様」

アウネーテが隣に目配せすると、ディアークは大きく頷く。

「そうだな。私も安心したよ。特にユージーンが休職から復帰したとき、顔つきがまったく変わっていて驚いた」

「それは私も驚いたわ。優しい顔をするようになったわよね、ユージーン。今まで人形のようでちょっと怖かったけど、今の貴方は怖くないわ」

「……恐れ入ります」

二人の言葉についつい照れてしまう。ユージーンはアウネーテに怖いと思われていたことを知って複雑そうだが、優しくなったと言われて悪い気はしていないようだ。

グレースも感じていたユージーンの変化を、他の人も感じ取っているのであればそれは間違いないのだろう。彼は、誰が見ても優しくなった。それが嬉しい。

「今日はどうか楽しんで」

「はい」

去年まではアウネーテには言われなかった言葉だ。彼女もグレースがすぐに帰ると分かっているから、遠慮して長居を求めるような言葉は言ってこなかった。

けれども、今年はそう言ってくれたということは、グレースがもう隠れるようにそそくさと帰る必要がないと分かっているからだろう。ユージーンが側にいれば大丈夫だと、彼女もまた彼に信頼を置いている。

二人への挨拶を待つ列が後ろに控えていたので挨拶もそこそこにして、その場を辞した。そして改めて二人で挨拶回りをしにグレースの見知った顔を探しては、ユージーンを夫として紹介した。

知り合いたちは、久しぶりに社交の場に顔を見せたグレースに驚き、さらに結婚したことを喜んでくれた。式を挙げた後に彼らには結婚した旨をしたためてお知らせをしていたのだが、夫となった人の顔を見てようやく安心したようだ。

両親と懇意にしていた人が多かったからなおさらだろう。叔母のように足繁《あししげ》く通って世話をしたり手紙を寄越したりはしなかったが、内心一人取り残されたグレースを案じてくれていた人たちばかりだった。

「元気そうでよかった」

皆、口々に言う。足のことも含めて、噂ばかりが先行して余計な心配をかけていたのかもしれないと、話してみてようやく気が付く。たしかに外の世界は世知辛《せち》くてときには苦しいものだが、それでも温かく受け入れてくれる人たちもいるのだと再確認した。

また、そんな世界をユージーンに見せられてよかったと安堵もしていた。最初に結婚について話し合ったとき、随分と脅すような物言いをしてしまった。その通りでもあるし間違いはないのだが、彼が自分と結婚をするリスクを知ってほしかったのだ。少し後悔もしている。

ユージーンは、少しぎこちなさを残しながらも、立派に挨拶をしてくれた。顔に愛想を乗せて、俄《にわ》かに微笑んでも見せる。

挨拶した人たちからは大変好評で、加えてディアークの側近だと話したら食い付きようが凄かった。

その美貌が貴婦人がたを魅了したのもあっただろう。ユージーンを目の前に色めき立つ女性を見て、グレースは内心ムッとしていた。やはり、心配していたことが現実になったと。

誰かが彼にちょっかいをかけ始める前に、早々に挨拶を済ませて目立たない場所に行こうかと考え、ユージーンに少し休もうと言おうとしたところで、後ろから名前を呼ばれた。

「グレース」

その綺麗な声に振り返ると、そこには美しいご婦人が立っていた。何となく見覚えがあるが、名前が出てこない。はて、どこで出会っただろうかと戸惑っていると、彼女は紅を引いた唇を上げて微笑んだ。

「覚えていないかしら？　まぁ、当然よね。会ったのは随分と昔のことだから。貴女のお母様とは仲良くさせてもらっていたの。……途中から、お互いの立場が違ってしまったから、疎遠になってしまったけれど」

懐かしそうに、それでいて物悲しそうに話す女性は母の知り合いのようだ。たしかに、幼い頃に見たような記憶が朧気《おぼろげ》に蘇ってくる。

「私、レイラ・バジョットよ」

そう名乗られて、グレースはようやく記憶の抽斗《ひきだし》から彼女を探し当てた。たしかに彼女は母の友人として屋敷にやってきたり、逆にグレースを連れた母がレイラの屋敷に訪れたこともあった。疎遠になってしまったのは、彼女の夫であるバジョット伯爵が正妃派におもねったためだ。父は側妃派の人間だったので、互いに夫の立場に配慮して距離を置いたのだ。

「お、お久しぶりです、レイラ様！」

懐かしい顔に、グレースは心を弾ませる。レイラもまた、思い出してもらったのが嬉しいのかニコリと微笑んだ。

どうして忘れていたのだろう。そう思えるほどにレイラは今も若さを保っていて、衰えを感じさせない。記憶にある彼女の容姿そのままなのだ。母と同じ年なのでもう四十になるだろうに、レイラは若く美しいままだった。

レイラにユージーンを紹介すると、彼女は結婚を喜んでくれた。グレースの両親もさぞ喜んでいるだろうと。

「……ご両親のことは残念だったわ。貴女のその身体のことも」

「いえ、バジョット伯爵様も……」

何度もお悔やみの言葉を貰ったが、いざ自分が贈ろうとすると何と言葉にしたらいいか分からなくなる。人の悲しみに寄り添うのはなかなか難しいのだとその身をもって知っているのに、上手く言えない自分が情けなかった。

「夫は、最期に大義を成し遂げられて喜んで逝ったのだと思うわ。ずっと、自分の正義と立場の板挟みになって苦しんでいたから」

最愛の人の死に意義を見出し、レイラは寂しく微笑む。

バジョット伯爵は最終的には王妃を裏切り、密かに進められていたカーマイン公爵の暗殺の情報を公爵自身に密告してそれを阻止した英雄だ。

だが、その裏切り行為で正妃派に処刑されてしまった、悲劇の人でもある。

「お互い、大切な人を亡くしてしまったけれど、前を向いて歩いていっているのね。安心したわ」

「あの、レイラ様も？」

「ええ。私を支えてくれる人に出会えることができたわ。散々苦しい目に遭ってきたけれど、今はとても幸せ」

心の底から幸せだと言う彼女に、グレースは安堵した。きっと誰しもが悲しみに囚われる時期はあるが、それだけではないのが人生だ。レイラがこうやって笑えるのも、その人のおかげなのだろう。

「今度良かったらうちに遊びに来て？　私もグレースといろいろおしゃべりできたら嬉しいわ」

「ぜひ！　よろしくお願いします！」

「嬉しいわ。今度お誘いの手紙送るわね」

また会う約束をして、レイラとは別れた。

レイラと両親が生きていた頃の余韻が甦ったようで、グレースは少し惚《ほう》けていた。ずっと悲しみに蓋をするように両親との思い出を掘り起こさないようにしていたので、その反動がやってきたのかもしれない。

追慕の念に胸を打たれて、しばし動けなかった。

「大丈夫か？」

そんなグレースを現実に戻すように、ユージーンが声をかけてくる。顔を上げて彼を見やれば、そこには気遣わしげにこちらを見る顔が。

じんわりと眦《まなじり》に涙が滲《にじ》みそうになった。

「……帰ろう」

優しく肩を抱かれる。グレースは静かに頷いた。

屋敷に戻り着替えて身体を清めた後に、ユージーンの部屋を訪れた。

何となく一人でいるのは寂しく、彼の側にいたくて突然やって来たのだが、ユージーンもまた待っていたかのように進んで部屋の中に入れてくれる。

部屋にある大きなカウチに隣り合って座り、頭を預けるように凭れかかった。

心のバランスが危うくて上手く均衡を取れずに苦労しているところを、彼に頼ることで取り繕えているような感覚だ。

そのおかげだろうか。

昔のような慟哭《どうこく》が襲ってこない。両親を思い出すときは悲しみに暮れて、抑えようもないほどの衝動が襲ってくるのに、今はさざ波のようだ。

根底にある悲しみが心を揺さぶるし、きっと一生癒えない傷なのだろう。けれども、ユージーンの側にいると、ゆっくりと痛みが薄らいでいく。

「ごめんなさい。レイラ様と話して、少し感傷的になってしまったみたい」

「謝る必要はない」

慰めるように頭を撫でられる。ぐちゃぐちゃになった心を解きほぐすような手が心地よくて、うっとりと目を閉じる。言葉は少ないが、逆に今はそれがありがたかった。

ところが、カウチが少し軋むような音が聞こえてきて、それと同じくらいに頭を撫でていた手がグレースの顔を上向きにする。

目を薄っすらと開けると、ユージーンが顔を近づけてキスをしてきた。

「……ユージー……」

一度離された唇が、また再び塞がれる。何も言うなと、言うように。

グレースの唇を啄んで、角度を変えて食んで。情事のときよりは穏やかで優しいキスが、グレースに降り注ぐ。

いつもは身体から性急に熱を引きずり出されるのに、今は胸の辺りからじんわりと滲むような温かさが広がる感じがした。

「――許してほしい、グレース。きっと俺は君のその悲しみを真の意味で理解はできていないだろう。俺が慰めの言葉を述べても、薄っぺらいものでしかない」

顔を離して、まるで懺悔《ざんげ》のように彼は言う。申し訳なさそうに、そんな己を恥じるように。

グレースは懸命に首を横に振った。

「そんなことないわ。理解できなくても、寄り添おうと思ってくれるその気持ちが嬉しい。……それにこんな悲しみ、理解しなくていい。今はまだ理解できなくてもいい」

本当の意味で理解できる人は、きっと同じように大切な人を喪《うしな》った者だけだろう。だから、まだこんな重荷をユージーンに背負ってなどほしくない。

「だが、自分勝手なことに、俺は君の気持ちを理解できるバジョット夫人や、心の底から君の悲しみに寄り添える人たちを恨めしく思っている。一番側にいるはずなのに、君を知りたいと思っているのに、……それなのに」

「ユージーン……」

グレースは、切なく眉根を寄せる彼の頬に手を触れる。今にも泣きだしてしまいそうだと、こちらまで苦しくなった。

彼は彼で、レイラとの会話を聞いて苦悩していたのだろう。

何故、自分には理解できないのか。他人にはできるのに、夫である自分が妻の一番深い傷を癒せないのかと。

「胸が苦しい、グレース。心がぐちゃぐちゃだ。君が他の男に触れられて頭にきたし、本気で殺してやりたいとも思った。それだけで十分かき乱されているのに、会う人会う人が皆、俺の知らないグレースを知っている口ぶりで話す。俺の知らない君がいることが悔しい」

縋るように頭を傾けた彼は、グレースの肩に頭を寄せてきた。腰に手を回して、痛みを覚えるほどの強さで抱き締めてくる。

「君のすべてを知っていると思ったのに、肝心な部分は分からない。君のすべてがほしいのに、この手からすり抜けていくような感覚が消えない」

もどかしくて、手が届かなくて辛い。

そう訴えかけるユージーンに、グレースは戸惑う。

「――助けてくれ、グレース」

ゆっくりと押し倒され、身体がカウチに沈み込んだ。

「……はぁ……ぁっ……そこ……あっ……まって……あぁっ！　……そんな、つよく……あっ……ひぁっ！」

全身がビリビリと痺れるような快楽に、あられもなく喘いだ。

じゅるじゅると音を立て容赦なく吸われる陰核は、もう大きく腫れてしまっているだろう。ふぅ……と息を吹きかけられるだけで、快楽を得てしまうほどに敏感になっている。

カウチの上で足を大きく開かされ、その間に顔を埋めたユージーンは執拗なほど秘所を舐め、グレースを翻弄してきた。秘裂をなぞり、媚肉を舌で弄び、膣の中にも舌を差し込む。

そのたびに蜜が奥から溢れ出て、彼の口元を穢していた。

もうカウチにまで滴っている汁が、グレースの蜜なのかユージーンの唾液なのか分からないほどにぐちゃぐちゃになっている。

さらに今は陰核を虐めることにご執心のようで、聞こえてくる卑猥な水音は酷くなっていった。

グレースが待ってと言っても止まらず、逆に言葉にならないほどの快楽を与えようとしてくる。

もう何度も繰り返された情事で彼はグレースの弱いところを心得ていて、的確にそこだけを攻めてきていた。

何度達してしまっただろう。

ビクビクと身体が震えて頭の中が真っ白になって。悲鳴のような喘ぎ声を上げては、まるで激流のような快楽の渦に呑み込まれた。

それなのに、余韻が引かずにじくじくと疼く秘所を、またユージーンが弄るものだから堪らない。達した後、敏感になっている身体にもたらされる快楽は、あまりにも強過ぎて持て余す。

涙が溢れ出て、縋るように彼の髪の毛を掴んだ。

「……あっ……やだ……ユージーン……やだやだ！　またきちゃう……っ！」

半ば泣き叫ぶように訴えているのに彼は止まってはくれず、こちらに琥珀色の目を向けてグレースの痴態を見つめていた。止めとばかりにまた陰核を吸われて、あっけなく果ててしまう。

彼は、恍惚《こうこつ》としていた。

グレースが快楽を得れば得るほどに悦び、さらにその悦びを得ようと愛撫を強めていく。それが怖くていやいやと首を横に振り、彼の髪の毛を震える手で掴むとようやく顔を上げてくれた。

口元を手で拭い、ニヤリと笑う。その顔や仕草があまりにも色っぽくて、胸が高鳴る。

「……グレース」

はぁ、と熱い吐息と共に名前を呼ばれて、性懲りもなく子宮が疼いた。どれだけ強い快楽に啼いても、やはりユージーンに求められるのは嬉しい。

切なそうに名前を呼ばれるだけで、否応《いやおう》なしに身体に火がつく。

トラウザーズの前を寛げ下にずらすと、中から屹立が勢いよく出てきた。もう我慢の限界なのか、血管がはっきりと浮き出て穂先が震えている。

それを蜜口に押し当てたユージーンは、こちらに上体を倒してきて顔を近づける。こちらが蕩けてしまいそうなほどに熱い視線で見つめられると、一気に奥まで穿たれた。

「……ひぁっあぁンっ！」

「君のドレス姿、とても美しかった。それだけに一番に見られなかったことが悔しい。あの君に触れた不届き者よりも後に見ることになるなんてな」

「……あぁう……だって……あっ……あなたは仕事で……っ！」

「分かっている。分かっているが、腸《はらわた》が煮えくり返りそうなんだ。君の美しい姿を見られてしまったことも、あいつが触れたことも、君に酷い言葉を投げつけたのも。すべて俺が遅れたせいだ思うと、酷く自分に腹が立つっ」

珍しく語気を荒げ、感情をぶつけるように腰を打ってくる。グレースは剛直が容赦なく最奥を抉るような激しい動きに啼き、彼の肩にしがみ付く。

「君が欲しい。俺の知らない過去も、今も、これから先も。全部、全部、俺だけのものにしたい」

「……あっ……あっ……ひンっ」

弱い場所を腰を回されグリグリと虐められる。かと思ったら余韻をそのままにまた律動を再開されるので、グレースは軽く達してしまった。

膣壁が蠢き、きつく屹立を締め付ける。感じ入るようにユージーンが眉根を寄せて、息を弾ませた。だが、我慢したのか達してはおらず、また動き出す。

次から次へと襲い掛かってくる快楽に翻弄されて、もう頭の中が真っ白になっていた。身も世もなく啼いては、必死にユージーンに縋りつく。

涙も零《こぼ》れ、口の端からは涎《よだれ》が零れ落ちた。もう痴態という痴態を晒している。

でも、彼はそんなグレースを愛おしそうに見つめる。唾液を舌で舐め取り、味わうように舌の上で転がして飲む。涙も同じように舐め取られた。

言葉の通り、グレースのすべてを欲しているのだ。余すことなくすべてを。

「……もう君をこのままここに閉じ込めておければいいのに。誰の目にも触れさせず、誰とも喋《しゃべ》らず、誰も君に触れられないようにしてしまいたい」

仄暗い笑みを浮かべて、己の欲望を口にする。

「俺だけが君を知ればいいんだ。他は誰もいらない」

「……あぁっ！　……やぁ……あっ……あぁン……ぁっ」

感情の昂《たかぶ》りと共に腰を強く打ち付けられ、咽び泣く。ユージーンが何を言っているのか、何に対してそんなに怒っているのかを理解したくとも、快楽が思考を遮ってきてくるのだ。

ユージーンが自分の欲を口にするのは嬉しい。そうしてほしいとグレース自身も望んでいた。

でも今、彼がグレースを求めれば求めるほどに苦しんでいるのが分かる。制御のできない感情に戸惑い、でも止めようと思っても止められない。

理性と欲の狭間《はざま》でもがき苦しむユージーンは、ただひたすらグレースを心ゆくまで貪るしかできずにいるのだ。

ポタリと顔に水滴が落ちる。

ユージーンが泣いているのかと驚いたが、額から流れ落ちた汗のようだ。

けれどその顔は、今にも泣いてしまいそうだ。

「あぁ……グレース。こんな俺を嫌わないでほしい。お願いだ、嫌わないで」

まるで子どものように縋る彼が、愛おしかった。

胸の内に暴れている不安を少しでも取り除いてあげたくて、でも何をどう言葉を尽くせば解消してあげられるのかも分からず、ただ、思い切り抱き着いた。

「――嫌ったりなんかしない。大好きよ、ユージーン」

綺麗に飾った言葉なんかいらない。

グレースがただユージーンに伝えられるのはそれだけだ。

今それしか頭の中になかった。

グレースの言葉にユージーンが一瞬息を詰めると、中の屹立が大きくなった。硬さも増してビクビクと震えている。

「……もっと……もっと言ってくれ、グレース」

「……あっぁ……ひぁっンっ……あっ……すき……すきよ……ユージーンっ」

「もっとっ」

腰を持ち上げられ、上から押しこむように腰を打ちつけられた。それによりさらに深くまで穿たれ、目の前が明滅する。腰から頭まで甘い痺れが駆け上がり、子宮が切なく啼いていた。

「……すき……すき……あぁっ……すき、ユージーン……はぁ、んっ……すきよ……だいすき」

まるで壊れてしまったかのように、何度も何度も『好き』と繰り返す。ユージーンもまだ足りないと、貪欲に求めてきた。

口にすればするほどに、グレースの官能も高まってくる。

ガツガツと容赦なく捩じり込まれる屹立を強請るように締め付け、突かれる悦びに蜜をとろとろと滴らせた。

「……あぁ……もう……ユージーン……」

絶頂がすぐそこまできている。グレースは甘えるように彼を呼ぶ。

子宮がきゅんきゅんと啼くたびに快楽の塊が大きく膨れ上がり、あっという間に弾《はじ》け飛《と》んだ。

頭の中も弾け飛んでしまいそうなほどの強烈な快楽が襲ってきて、身体中を震わせる。

同時に膣も痙攣し、屹立をきつく締め付けてユージーンが小さく喘いだ。頭を掻き抱かれ、呻くような声で耳元で囁かれる。

「――俺も、好きだ……グレース」

その瞬間、カッと身体が熱くなりまた絶頂が襲ってくる。ユージーンもグレースの中で果てて、腰を震わせながら吐精した。

「……あ……あぁ……」

全然余韻が治まらない。どうしよう、このままではまた達してしまうかもしれない。

そう思えるほどにグレースのすべてが敏感になり、ちょっとした刺激でもはしたない声を上げてしまう。

それもこれも、ユージーンがグレースを好きだと言ったからだ。心も身体も喜びに満ち溢れてしまっている。

グレースの胸の上に倒れ込み、息を荒げる彼を見下ろす。悩ましく眉根を寄せるその姿に色気を感じてドキドキした。

手を伸ばし髪の毛を撫でると、ちらりとこちらに視線を寄越してきた。

「好きよ、ユージーン。大好き」

改めて自分の気持ちを告げると、彼はホッとしたような顔をして髪を撫でる手にすり寄ってきた。

「……俺も、君が好きだ」

また聞けた言葉に、グレースは顔を綻ばせる。

ずっとそこまでは望んではいけないのだと思っていたから、自分がユージーンの特別な人になれたことが純粋に嬉しかった。

「君が好きだ」

ユージーンが手を取り、手のひらにキスをする。

「好きだ……グレース……」

指先にも手の甲にも口づけをして、うわ言のようにグレースへの愛を口にする。

けれども、その言葉とは裏腹に、酷く苦しそうだった。まるでグレースを好きでいることに苦しんでいるかのように。

「………………っ」

その苦痛をぶつけるかのように、手を甘噛みされる。

まるで皮膚も肉も骨すらも貪り食ってしまいそうな、そんな獰猛《どうもう》な瞳にゾクリと心が震えた。

◇◇◇

あのパーティーの日の翌々日。

レイラからお誘いの手紙を貰ったグレースは飛び上がった。半ば社交辞令のようなものだと思っていたので、本当に手紙が届いたことが信じられない。

けれども、断るという選択肢はグレースの中にはなくて、すぐさま承諾の返事を綴《つづ》ろうと紙とペンを用意したが、ハタと手を止めた。

一応、ユージーンに許可を取ってからの方がいいだろうかと思い悩んだのだ。

あれから彼が何かを言ってくるということはない。いつも通りの真面目で優しい彼のままで、先日のように剥き出しの感情をグレースに向けてはこない。

むしろ、二度とあんなことが起きないようにと理性的でいようと努めてくれているのだろう。

さらに優しくなったような気がする。

一旦手紙をしまい、ユージーンの帰りを待った。

帰ってきた彼にレイラから誘いを受けたことを話すと。ユージーンは問題ないと頷く。

「本当にいいの？」

嬉しくてついつい飛び上がると、彼はグレースの手を握ってきた。

「……ただ、気を付けて」

「うん」

「何かあるといけないから、誰か屋敷の者を連れて行くといい」

「分かった」

さらに優しくなって、過保護になったような気がする。それが何だかくすぐったくて面映《おもは》ゆい。

ユージーンから降り注ぐ不器用で優しい愛情は、グレースの胸に幸福をもたらし喜びを与えてくれる。

——あぁ、ユージーンと夫婦になれてよかった。

ときおり泣きたくなるほどに、そう思えるのだ。


久しぶりに訪れたバジョット邸は、たしかに見覚えのある外観だった。幼い頃、母と一緒に訪れては、色とりどりの花が咲き綻ぶ庭を駆け回った記憶がある。

「いらっしゃい、グレース」

にこやかに出迎えてくれたレイラは、さっそく屋敷の中に招き入れてくれる。

「今日は昔みたいにテラスでお茶をしましょう」

少しはしゃいでいるのか、グレースの手を引いて楽しそうにテラスへと足を運ぶ。サロンの窓を開けた先にあるテラスは、昔よりも豪勢に花を咲かせる庭を背景に、白い椅子とテーブルが置かれてあった。

その光景の美しさと懐かしさに心を奪われ、しばしの間見つめる。

あぁ、そうだ。よくこの庭で母とレイラが談笑している声を聞きながら、お菓子を食べたりお茶を飲んだり、綺麗な花を見つけてはお土産にと貰ったりしていたのだ。

朧気だった記憶が鮮明になってくる。ずっと両親との記憶はあの日の衝撃と悲しみに塗りつぶされたままだったので、すっかり忘れてしまっていたのだ。楽しく幸せな思い出もたしかにあったことを。

「座りましょう」

肩に手を置いて、優しい声でレイラが言う。グレースは頷いて、椅子に腰を下ろした。

バジョット邸の使用人がお茶とお菓子をカートに乗せて持ってきてくれて、テーブルにアフタヌーンティースタンドが置かれた。そこにはカップケーキやマフィン、スコーンとクロテッドクリームにラズベリーのジャムが乗っており、それとはべつにグレースが大好きなトライフルが並べられた。

紅茶のおともに最初に選んだのはトライフルで、小さな器にスポンジケーキ、カスタードクリーム、フルーツが層になって重なっているものだ。スプーンですくって食べると、スポンジには洋酒が滲み込ませてあって、昔ここで食べたものとは違う大人の味がした。

レイラとはやはり昔の思い出話に花が咲く。母がどんな人だったか、父とはどんな夫婦だったか。子どもの目からでは分からない二人の話や、結婚するときの逸話なども聞けて楽しかった。

話せば話すほどに懐かしさと共に寂しさも募ってくる。けれど、それが二人を忘れないという証拠なのだろう。

こうやって悲しみを思い出にしていく作業も、餞なのだ。

ふと、視界の端に何かが見えて、サロンの窓の方へと視線を向ける。

そこには一人の男性がまるで幽霊のように佇んでいて、グレースは声にならない悲鳴を上げた。

「ジュリアス」

レイラが名前を呼ぶと、彼は目を細めて微笑んだような気がした。

気がしたと表現が曖昧なのは、ジュリアスの左側の前髪が長く見えにくいからだ。そして、彼がそんなに前髪を伸ばしているのは、左の頬から額にかけて焼《や》け爛《ただ》れた痕があるからだろう。隠し切れないほどのその大きな痕は、額の右側にまで及んでいた。

「申し訳ございません。楽しいひと時をお邪魔してしまったようですね」

ジュリアスの声は男性にしては少し高く、まるで少年のようだった。白皙《はくせき》の青年然とした彼は儚《はかな》げで、火傷《やけど》の痕のせいか年齢が読めない。

「いいのよ、ジュリアス。グレースに紹介するから、こちらに来て」

レイラが嬉しそうに彼を呼ぶ。ジュリアスはレイラの側までやってきて、彼女の頬に口づけをした。

「グレース、こちらジュリアスよ。ジュリアス、こちらは私の古い友人の娘で、グレース・ガーランド伯爵夫人よ」

「初めまして、ガーランド夫人」

丁寧に頭を下げ挨拶をされるも、グレースは戸惑いを隠せなかった。

使用人にしては頬にキスをする理由が分からないし、友人にしてもあまりにも親しげだ。レイラの肩に手を置いたジュリアスの手に、彼女が手を絡ませている。

「グレース、ジュリアスはね、私の最愛の人なの。パーティーのとき話したでしょう？　支えてくれる人がいると。それがジュリアスよ」

うっとりとした顔を彼に向け、両手を伸ばして顔を包み込む、するとジュリアスは当然かのようにレイラに顔を寄せて、口づけを交わした。目の前で人目も憚《はばか》らずに愛を交わす二人を、ドキドキしながら見つめる。

「お二人はどこでお知り合いに？」

「それがね、屋敷の前に倒れていたジュリアスを私が拾ったの。可哀想にこんな大怪我をして、行く当てもなくて困っていたから、放っておけなくて」

意外な出会いにまた驚かされる。誰とも分からない、素性の知れない男性を拾って愛人にしているなど、俄かに信じがたい話だった。

だが、レイラは彼が自分を支えてくれていると言っていた。

夫を不遇の死で亡くし、一人取り残された彼女の寂しさを埋めてくれる存在が、たまたまジュリアスだった。ただそれだけだったのだろう。

年の差とか身分とか。そんなものは関係なく純粋に愛し合い、互いを必要としている。レイラの目がそれを物語っていた。

「レイラ様は、僕に惜しみない愛情を注いでくれるんです。一人で寂しかった僕を側に置いてくれて、感謝してもし足りません」

「私もよ、ジュリアス。貴方と一緒にいられて幸せ」

まるで二人の世界だ。グレースの存在を忘れてしまったかのように二人は愛の言葉を交わし、またキスをしそうな雰囲気を醸し出す。

見ているこちらの方が照れてしまうほどの仲睦《むつ》まじさで、照れを誤魔化《ごまか》すように紅茶に口をつけた。

「――だから、ぜひグレース様も僕と仲良くしていただけると嬉しいな。レイラ様のお友達とは、僕もお友達になりたいから」

ところが、ジュリアスが突然こちらに瞳を向けてきて、グレースは紅茶を飲む手を止めた。

無邪気な声でグレースと友達になりたいという彼に、ヒヤリとした悪寒が背中を伝う。

笑っているが、どこかねっとりとしていてそら恐ろしいジュリアスの瞳に、グレースは嫌なものを感じて居心地が悪くなった。

第四章

自分の人生に疑問を持ったことは、あまりなかった。

いや、そうしてはいけないと幼少期から教え込まれてきたのだ。

疑うな、逆らうな。個は必要ではなく、ただの駒であれ。ディアークが王になるために、その命を捧《ささ》げろ。

それがマルクトの盾の教えであり、最初に叩き込まれる理念だ。


ユージーンは、自分がいつ孤児院から引き取られ、マルクトの盾に入ったのかは覚えていない。気が付けば名前を捨てて番号で呼ばれ、『先生』の教えに従うことを強要されていた。従わなければ鞭《むち》で叩かれ、食事を抜かれてしまうので強制的にそういう環境下に置かれたと言ってもいい。最初は恐怖がユージーンを生かしていたのだろう。

自分の主はカーマイン公爵であり、彼の人のためにすべてを捧げるのだと徹底的に教え込まれた。そして孫であるディアークを王にすべく尽力すべしと。

同じように先生のもとで学んでいた子どもは十人ほどいたと思う。途中で脱走する者、もうできないと弱音を吐く者がいたが、そういう連中は見せしめのように折檻《せっかん》され、精神が壊れてしまったらどこかに連れて行かれて二度と帰ってこなかった。

おそらく処分されたのだろう。ユージーンは他人事のように思っていた。

つまりは弱音も吐かず逃げ出さず、命令を遂行《すいこう》し、かつ逆らうような個人的な感情を捨て去ってしまえばいいのだ。それがよく理解できた頃から、自分の中に迷いはなくなっていた。

おそらくそのくらいからだろう。死ぬことすら怖くなくなっていた。

十代になり、本格的にマルクトの盾として動き始めた。

まずは情報収集、裏工作、物資調達。活動の中心となる人たちのサポート役を担っていたが、徐々に重要な役を割り当てられるようになった。特に隠密《おんみつ》行動を得意としていたので、情報収集や監視が主な仕事になる。

敵は明確で、ディアーク及びカーマイン公爵に仇《あだ》なす者たちだ。

その頃、ディアークは毒を盛られ静養しており、王妃派が力を持っていた。御旗となるディアークの復活を待ちながらも、いずれ来る反旗を翻す日のために粛々と準備を進めていた。

その機会をようやく見いだせたのは今から五年前。

マルクトの盾の暗躍により王妃派の人間は失脚、またはこの世から消され、徐々に勢力を削がれていったことでじわじわと追い詰められていっていた。それによりなりふり構わなくなった王妃たちは武力や暴力での支配を実行し始めたのだ。爆薬を使い側妃派の人間に危害を加え、市井はそこかしこで起こる爆発に怯える日々を送る。

後継者争いは本人たちをよそに泥沼に陥っていた。

悲惨な状況に終止符を打つべく、ディアークが蜂起の決意を固める。

ユージーンがディアークとの対面を果たしたのは、ちょうどその準備に入るときだった。

これからはディアークの盾となり、尽力すべしと。

いよいよやってきた最終局面に自分も一緒に王都に向かうのだろうと思っていたが、ユージーンには別任務を言い渡された。

――ディアークの友人が王妃派の連中に襲撃され、怪我を負った。また狙われる可能性があるので密かに護衛せよ。

その友人が、グレースだった。

足に酷い怪我を負い、領地内にある病院で静養中だった彼女を陰から見守り、危険があれば助ける。それがユージーンに課された使命だ。

彼女の部屋に近い建物の影に隠れ、ずっと見守っていた。

ずっとベッドの上で食事もとらずに天井を見つめる姿。叔母がやってきてあれこれと声をかけられるも返事もろくにできずにいる姿。医者に諭されようやく食事をとったが、すぐに吐いては苦しむ姿。起き上がれるようになったが、上手く歩けずに打ちひしがれる姿も。

彼女の苦しみや悲しみをこの目で見てきた。

どうにか歩けるようになると、グレースは叔母が寄越してくれた使用人の手を借りながら誰もいなくなった屋敷へと向かい、庭の端の大木の側にひっそりと建てられた両親の墓へと赴くようになった。

使用人を一旦帰らせて、そこで日がな一日中過ごすのだ。

物言わぬ墓に何かを話しかけ、笑いかける。そして、病院では一切涙を見せなかった彼女は、そこではポロポロと大粒の涙を零していた。

ユージーンはおかしなものだと、彼女の行動を奇妙に思っていた。

墓の下にあるのは骸《むくろ》だ。死んだ人間にいくら話しかけても聞いてはいないし、ましてや返事が返ってくることもない。一人で笑って話しかけている姿に、気でも狂ったのかさえ思っていた。

晴れの日も雨の日も、そして雪が降っても。グレースは墓の前にやってきては、語りかけ続けている。

ユージーンは大木の上でひっそりとその話を聞いていた。

聞いて、グレースという人間を知っていったのだ。

グレースを見守り続けてから一年半。その間に彼女は元気を取り戻した。

退院して屋敷で過ごすようになったし、領地運営は一時的に叔母夫婦に委任し、両親の遺産整理にも手を付け始めた。足に後遺症を負いながらも、黙々と自分ができることをやり続けていたのだ。

その頃には、王妃が宰相と共に自害をし、ディアークが城に帰還を果たそうとしている。王都からそんな知らせが届き、終局が近いことを知る。どうやら人手が足りなくなって来たらしく、任務を引き上げて戻ってくるようにと指令がきた。

ディアークの帰還は領地内でも噂となっており、グレースの周りはようやく争いが終わるのだと歓喜し両親の死を改めて偲ぶ中、彼女は寂しそうに微笑んでいる。喪ったものが大きすぎて、心の底から喜んでいいのか分からないのかもしれない。

ユージーンは、彼女のその微笑みを見届けてから出立した。

それから、影でディアークの警護をしながら、彼が玉座に就く光景を見届けた。生き残っていた王妃の息子も捕らえられ、ようやく長きにわたった争いが終わったのだ。

気が付けば、マルクトの盾で生き残っていたのはユージーンを含めて三人しかいなかった。争いのさなか散っていった仲間はそれほどまでに多かったが、悲しむ気持ちも悼む気持ちも湧き起らなかった。

そうか、自分の役目を果たせたのか。思うのはそれだけだ。

逆に取り残された方が悲惨だった。

カーマイン公爵はアウネーテとの政略結婚を整えたあとに、ディアークが王位に就いたのを見届け、役目を終えたとばかりに心臓の病に倒れて亡くなった。先生と呼んでいた人もいつのまにか亡くなっていて、マルクトの盾は存在意義を失い、散会した。

誰かに命令を下されて生きてきた人生だった。

自分のために何かを成したこともなく、今さら平和な世の中でどう過ごせばいいのかも知らない。

一度無事を確認するためにグレースのところに戻ってみたが、王都に居住を移していた。

もう危険はないとみて、ディアークが呼び寄せたのかもしれない。ユージーンにずっと見守らせていたくらいだ。直接的な言葉を聞いたわけではないが、それほどグレースが大切なのだろう。

彼女は新たな一歩を歩み始めた。

そうなるといよいよ自分がどうしたらいいか分からなくなり、途方に暮れた。ぽっかりと胸に穴が空いたように空虚な日が続く。

だが、そんな彼を拾ったのがディアークだった。

自分と一緒に国を再びに盛り上げてくれないかと、手を差し伸べてくれたのだ。

迷いもなくその手を取った。ディアークに望まれるのであれば、本望だった。

最初に名前を与えられた。といっても、マルクトの盾に引き取られる前、孤児院で呼ばれていた『ユージーン』という名をそのまま使うことになっただけだ。今まで番号で呼ばれていたせいかなかなか馴染めず、ディアークに番号のままでいいと言ったのだが頑として譲ってくれなかった。彼は親しみを込めて『ユージーン』と呼ぶのだ。

次に国内に残っている正妃派の残党の炙《あぶ》り出《だ》しをしてほしいと言われた。爆薬を使う過激派、王妃の息子を持ち上げて再び政権を取り戻そうとする連中を危惧してのことだろう。

国は平和に向かって歩み始めていたが、火種は各地で燻《くすぶ》っていた。

それと同時に、ディアークに言われた言葉がある。

「旅をする中で、『自分』を見つけてほしい」

それはユージーンの心に重くのしかかった。

『自分』というものが何なのかよく分からなかったかもしれない。自分の意思で行動するのは愚行であると教え込まれていたし、一度だけ己の判断で動いたときは吊《つ》るされ徹底的に痛めつけられた。今身体に残っている傷痕の大半は、そのときについたものだ。

他人に預け続けてきた自分というものを今さら取り戻したところで、扱い方も分からずに持て余すだけだと諦めの境地に入っていた。

自分は所詮駒として生きる以外できないのだと。

一通り国中を回って報告を終え、帰還命令が下り王都へと帰る。すると、ディアークはユージーンを自分の側近に取り立てたいと申し出てくる。

身に余る光栄だと思った。

だが、それ以上に影の存在であった自分が表に出てもいいのだろうかと、戸惑いもした。特に王の側に侍るには、それなりの身分が必要だろうという危惧もあった。王のために働けども卑しい身分であるのはたしかだ。

ところが、ディアークがそれについては考えがあると言う。

それがグレースとの結婚だったのだ。

（……彼女と、俺が……結婚）

ディアークの申し出とはいえ、すぐには首を縦には振れなかった。

グレースという人間は、ユージーンの中では異質だった。

彼女は理解しがたい人間で、繊細で触れれば傷口からポロポロと崩れ落ちる儚い人だと。逆にユージーンを突き崩そうとする強い存在でもある。

大木の上で聞いた家族の思い出は、どれもユージーンには経験したことのないものばかりで、むしろそれが楽しいのかと頭を捻《ひね》ったものまである。

けれども、どんな些細な思い出も彼女は酷く楽しそうに話すから、本当に幸せだったのだろう。

そんな笑顔で話せる思い出の一つもないユージーンに、彼女の世界を理解できるはずもない。

ひっそりと身を潜め、姿を見せず声も出さず認知されない自分。

物言わぬ墓に語り続け、思い出に浸る彼女。

お互い一人なのに、まったく違う。越えられない隔たりがあって、ユージーンはそこを飛び越えてはいけないのだ。

現に、彼女の周りに叔母や使用人たちもやってきて、一人ではなくなった。

結婚するということは、家族になるということだ。彼女が墓の前で話していたようなことを望むのであれば、それは無理な話だ。

ユージーンは、グレースが求めるような幸せを与えてあげられない。

その純然たる事実に、胸がドクリと嫌な音を立ててうねりを上げる。

断ってしまおうと思った。ディアークの申し出に背くなどあってはならないことだが、グレースだけはダメだと、彼女を見てきた過去の自分が囁く。

二度と触れてはいけない、と。

その決意を固め始めた頃、先に側近仲間だと紹介されていたグルーバーが言ってきたのだ。

「君を結婚相手に選ぶってことは、グレース様がディアーク様の愛人という噂はますます本当なのかもしれないね」

改めて他人から聞く二人の関係に、ユージーンは目を見開く。そして、どういう意味なのかとグルーバーに問いただした。

「あの二人は昔馴染みだと言うけど、それにしてもディアーク様の彼女への気のかけようは凄いだろう？　定期的に城にも呼んでいるし。まぁ、アウネーテ様と結婚したのは政治的なものからだし、何よりまだアウネーテ様は子どもだ。妻というより妹みたいな感覚に近いのかもしれないな」

やはりそうなのだろうか。グレースが王都に移り住んだのも、ディアークに呼ばれたからだろうと勝手に結論付けていたが、あながち間違っていなかったのかもしれない。

「まぁ、互いに愛情があってもままならない身分。現状、アウネーテ様との不仲を世間に知られるのもまずい。だから、君とグレース様を結婚させておいて隠れ蓑《かくみの》にし、密かに愛人として愛し合う……とか？」

「……つまりは、俺はディアーク様のためにグレース様を守るということか」

「そういう隠された意図も密かにくみ取るのも側近の仕事だよ」

今度は陰からではなく、偽りの夫としてもっと近くで。

「……な～んてね！　まぁ、半分は冗談だけどね。たしかにグレース様の愛人説は密かに囁かれているけど、所詮噂は噂。どこまで本当なのかは分からないし……って聞いてる？　ユージーン君」

グルーバーが何かごちゃごちゃと言っていたが、耳には入ってはこなかった。断ろうと思っていた結婚にそんな意味合いがあるのであれば、話はまた変わってくる。

グレースとディアークが道ならぬ仲だとしても、どんな形でもディアークと共にあることが、彼女の幸せなのであればそれを見守るのが役目だ。

グレースが、今度は思い出話を大切な人と一緒に笑って話し合える。そんな日々を守りたい。

ディアークにはすぐに申し出を受け入れると話をした。彼は嬉しそうに微笑み、ユージーンの肩に手を置く。隣でアウネーテも喜んでいた。

アウネーテには悪いが、グレースとディアークのために偽りの夫でいることに迷いはなかった。それが自分に課せられた役目だと思っていたからだ。

グレースと顔合わせの場を設けたいと言われ、いよいよ彼女との対面を果たすこととなる。

グレースはずっとユージーンに見守られていたなんて知らないだろうし、もちろん極秘裏の任務なので、これからも口にするつもりはない。

だが、遠くから見ていた人が目の前に立ち、ユージーンという存在を認識している。それは何とも言えない奇妙な感覚だった。まるで、丸腰のまま戦場に向かう気分だ。

その心もとなさは、実際にグレースを目の前にしたときに最高潮になる。

ユージーンは彼女を知った気でいた。知っていると過信していたのだ。

だが、目の前に立つグレースは、思った以上に身長が低かった。ブルネットの髪の毛は絹糸のように美しく、肌も白い。

そして、ユージーンを見るその碧《あお》の瞳は、力強かった。

警戒心が強くて猫のように背中の毛を逆立てるし、抱き上げれば唐突過ぎると怒ってくる。かと思いきや、ユージーンの横顔をじいっと見てきて観察するのだから、彼女の行動の整合性の取れなさに内心戸惑っていた。

「何か、言いたいことが？」

居心地の悪さに問えば、彼女は申し訳なさそうに言ってくる。

「ごめんなさい、不躾だったわね。特にないの。ただ、初対面だから、どんな人か知りたくて」

その言葉に、驚くほどに気落ちしている自分がいた。

先ほども『見たことのない顔だわ』と言われて心に隙間風が吹いた。馬鹿みたいに心が揺れて、動揺して。それを隠すためにそっけない返事が口から出てきた。

ディアークからユージーンとの縁談を切り出されたグレースは戸惑っていた。もしかして聞いていなかったのだろうかと眉を顰めたが、口を挟むなど分不相応なことはできない。

二人きりで話したいと言われたときも、グレースはしきりに本当に結婚してもいいのかと確認していたが、結局こちらが『割り切りましょう』と言うと、安心したような顔をしていた。

このとき、しっかりと話を詰めていれば、のちに喧嘩することもなかったかもしれない。

だが、逆にユージーンが勘違いをしていなければ、グレースと結婚していなかっただろう。白い結婚ではなく、本物の夫婦としての結婚を望まれているのだと知ったら断っていたからだ。

結局、勘違いのまま二人で結婚を承諾し、ディアークにその旨を伝えた。

あとは席を外すようにと言われてグレースのもとを辞したが、正直助かったと思った。

震えていたのだ、自分の手が。

何故こんなにも震えてしまっているのか分からず恐ろしかったが、それ以上に恐ろしかったのは、グレースと話している最中にずっと早鐘を打っていた心臓だった。

あのまま話し続けていたら、いつか心臓発作で死んでしまうのではないかと思ってしまうほどだ。マルクトの盾の任務のときでさえも、こんなに緊張することはなかったのに。

汗ばむ手を握り締めて大きな溜息を吐く。

己の領分を忘れるなと言い聞かせて。

その緊張は結婚式のときも、初めて二人で夜を迎えるときも続いた。

特に寝室にやってきた彼女は、薄い生地の夜着を着て少し恥じらうように頬を紅潮させていた。

それが煽情《せんじょう》的で、初めて自分の中で何かが蠢き出すのを感じた。

しかも、驚いたことに彼女は初夜を迎える気でいたのだ。驚くどころの話ではない。偽りの夫とはいえ、主人の愛人に手を出すなどあってはならない。

「私たちが初夜を迎えるのは障りがあるかと」

そうつれなく言うのが精いっぱいだった。

こちらが動揺を見せないように努めているというのに、グレースは衝撃を受けたような顔をしているのだから参ったものだ。

（……彼女は、いったい俺とどうなろうとしているんだ）

寝室から出て、うるさいほどに脈打つ心臓を胸の上から手で押さえて、悩ましい溜息を吐いた。

夫婦らしいことを求められても困る。こちらは徹底して臣下として振る舞おうとしているというのに。

だが、グレースは強い人だった。諦めずにユージーンと話をしようと夜中まで待っていたのだ。結局眠気に負けてカウチで眠りこけていたが。

グレースの寝顔をついつい間近で見つめる。またユージーンが知らなかったことが出てきて、胸がざわつく。

睫毛が長い。首筋から鎖骨まで線が綺麗で、唇が桃色でふっくらしている。

知りたくないのに知ってしまう。近くにいれば見つけてしまう彼女のこと。編み物をするなんて知らなかった。最近できた趣味だろうか。

無意識のうちに手がほんのり桃色の頬に伸びて、触れる寸前に正気に戻る。苦し気に眉根を寄せて、唇を噛み締めた。

グレースの側にいると、自分の中の不文律が侵されていきそうだ。己の領分の境界線が揺らいでいってしまう。

それは戸惑いでもあるし、苦しみでもあった。

情けない自分を追い払って、彼女を抱き上げてベッドへと横たえる。あどけない寝顔を見ながら、ふと胸が鷲掴《わしづか》みされるような気持ちになった。

——いつか、ディアークと閨を共にするグレースを見送る日がくるのだろうか。

今さらながらに、そんな未来を想像して胸をかき乱されている自分が愚かだと思った。

それを承知で、むしろグレースが幸せならばと選んだ道だというのに、何故ここにきて迷いを持ったのだろう。

己の不合理な考えがどこからくるのか。昔、一度だけ持ってしまった迷いと同じものが湧き出てきた。

結局、すべてがすべてユージーンの誤解からくるすれ違いだったわけだ。

グレースには散々叱られるし泣かれるし、無茶もさせてしまった。謝っても謝り切れないのだが、それでも彼女はこんな自分に呆れることなく夫婦でいようと言ってくれる。

ベッドの上で手を繋いだとき、また胸が高鳴った。繋いだところからぬくもりが伝わってきて、人の肌というのはこんなにも温かいものなのだと再び知る。

眠れない。仕事に支障をきたすので本当なら少しでも眠った方がいいのに、まったく眠気が襲ってこない。隣の人の気配が気になる。いつの間にか眠ってしまったグレースの寝息が、ユージーンを刺激する。

グレースの中の夫婦というものは、こういうことが当たり前なのだ。

だが、ユージーンはその当たり前をどう受け止めていいのか分からない。

きっといつか、この考えの違いでグレースを傷つける日がやってくる。喪った家族を求めていた彼女に、ユージーンは真の意味で寄り添えないだろう。

だから、まだ傷が浅いうちに彼女を突き放そうとした。

偽りの夫ならばいくらでも演じられるが、本物にはなれないと。他の男と幸せになった方がグレースのためだ。

それに、グレースよりもディアークを優先させてしまうだろうというのも本当のことだった。そういう生き方しか知らない自分の、一番の存在意義がそこにあったからだ。そのために生きているという考えはいつまで経っても消えない。

グレースは怒っていた。泣いてもいたし、それでもユージーンと夫婦であろうとしてくれていた。その姿に心がどうしようもなく揺れた。

身勝手な願いだ、これは。それが分かっていながら、どうしても願わずにはいられないのだ。

――君が望む幸せを与えてくれる人に出会えるように。

願うからこそ、別れようと決意を固めた。

「ユージーン自身が幸せにしようと思わないのか」

結婚を白紙にしたいとディアークに申し出ると、彼は困ったような顔をして言ってきた。

「……それを私が思うのは、驕《おご》りではないかと。家族を知らない者が、家族を求める彼女に与える幸せなどたかが知れているかと」

「真面目だな。……まぁ、そうであれと叩き込まれた弊害かもしれないな。これもまた、祖父の罪か……」

ふぅ、と罪悪感に濡れた顔でディアークは天を仰ぐ。カーマイン公爵の所業が罪ならば、ユージーンの存在自体が罪であるのだろう。こんな罪人に普通の幸せなど似合わない。

「もしも私が結婚を解消することは許さないと言ったら、お前はどうする」

「……それは、どうにかディアーク様には納得していただいて」

「お前は私の言葉は絶対だと思っているはずだ。だが、それには逆らうと？」

容赦のない指摘に息を呑む。何も言い返せずに俯いた。

「その矛盾は大切だ、ユージーン。それこそ、私がこれからお前に大切にしていってほしいものだ。私のためだけに生きるのではなく、自分のために生きることをする。その第一歩じゃないか？」

「それでは仕事に支障が……」

「何のために仲間がいる。お前がどこかに矛盾を孕《はら》んでいたとしても、それを補い合うのが仲間だ。側近を三人もつけているのはそのためだ」

「仲間……」

それは、ユージーンの中では補い合う者ではなかった。任務が成功すれば『当然だ』と言い放ち、失敗すれば『使えない奴《やつ》だ』と冷たく言い放つ。それがマルクトの盾にいた仲間というものだ。役に立たなければ、切り捨てられる。それが当たり前と思っていたのに、表の世界では違うのだろうか。

「分かるか？　お前が私の命令に迷いを持つのは、グレースのことだけだ。それはお前にとって彼女が、特別だからじゃないか？　割り切れない何かが、この中にあるからじゃないか？」

この中、と指したのは胸だった。ユージーンの胸の中に、グレースに対する何かがあるのだと。

「それを理屈で考えて捨ててしまわずに、大事に育てていってほしいよ」

そんな会話をした日の午後だった。

一人で考えたいと外に出て、爆発に巻き込まれて怪我を負ったのは。

きっと自分の中の矛盾を打ち払い、やはり自分の今までの生き方に間違いはないと証明したかったのだろう。気持ちが逸《はや》り単独行動を取った結果、このざまだ。

正直ベッドの上で落ち込んでいた。犯人は捕らえられたものの、熱傷で話せる状態ではないし、自身も怪我を負ってしまった。これでは足手まといになってしまう。『使えない奴』とレッテルを貼られ、切り捨てられるかもしれない。

そして何より、爆発の直前。閃光《せんこう》に目をつむったとき、瞼の裏に甦ってきたのはグレースの姿。両親の墓前で涙をハラハラと流す、孤独な姿だった。

あの日の夜、ぬくもりを知った手を目の前で開いて見つめる。何となく、寂しくなった。

ところが、突然大きな音を立てて診療所の扉が開け放たれたと思ったら、グレースがグルーバーに抱き上げられた状態で現れた。驚きのあまりに目を見開く。

それと同時に、胸にチリチリと焼け付くような感覚が起きて、気分が悪くなった。何故グレースがグルーバーとそんな密着しているのかと、苛立ちが出てきたのだ。

――だが。

「……生きてた……っ……いき、……生きてたぁ！　よかったよぉ～！」

彼女の咽《むせ》び泣くような声に、すべてが吹っ飛んだ。

首にしがみ付き、力の限り泣いてはユージーンが生きていたことを喜ぶ彼女の姿に、カッと顔に火が灯る。

――もうどうしようもないと思った。

こんな風に涙を流しながら生存を喜んでくれる彼女を、手離したくないという心の叫びをこれ以上無視はできない。

きっとグレース以上にユージーンをかき乱す人はいない。自分の中にあった当たり前を覆し、迷いを生ませる稀有《けう》な人。一緒に悩もうと言ってくれて、全力でぶつかってくれる人。

「一緒にいよう？　ユージーン。家族になりましょう。家族を知らないなら一緒に学べばいいのよ。分からなければ訊いて？　私は側にいる。屋敷で貴方の帰りを待っているから」

彼女を悲しませないために、生きたい。一緒に生きて、知らなかった普通の幸せを教えてほしい。いつか、彼女が幸せだと笑ってくれるように。

グレースの覚悟に報いたい。

生きて帰ってきてという、切なる願いを叶えてやりたいと心から思う。

それがたとえ自分のディアークに対する忠義と矛盾することでも。

今は手探りでもその道を、グレースと歩みたいと願うのだ。


それからディアークに一ヶ月の休養を言い渡されて、ユージーンはグレースとの時間を密に過ごした。

離れがたかったのだ。まるで赤子のように、グレースの側にいたくて、離れてしまうと心もとなくて彼女を呼び止める。グレースも一緒にいたいと思ってくれているのか、ベッドの脇に座って話をしたり、本を読みながら社交界のマナーの勉強を一緒にしてくれた。

それにより、またユージーンの知らないグレースを知っていく。掘り下げれば掘り下げるほど、新たな顔が出てきた。

加えて、自分がいた世界はあまりにも閉鎖的だったのだと改めて思い知る。必要な知識や技術は貪欲に取り込むようにと強制されたが、逆に余計なものは徹底的に排除されていたのだから当然だ。

新たな知見はユージーンを夢中にする。いつかまったく違う自分ができ上がるのではないか。そんな淡い期待が胸に灯り始めていた。

驚くことに、過ごしていて一番強くなったのはグレースのために何かをしたいという気持ちだった。彼女は強い人だが、また弱い人でもあった。

庭を一緒に歩いていると、自分が上手く歩けないことを負い目に感じているのか、卑下する発言がときおり出てくる。最初に二人で話し合ったときもそうだったが、何かと人目を気にしてユージーンに恥をかかせるかもしれないと気に病んでいる様子だ。

そこまで追い詰められるほどに、外に出て酷い目に遭ってきたのかもしれない。

ユージーンが密かに見守っていたときはそんな素振りはなかったのに、離れていた三年間で何かがあったのだ。

自分が知らないグレースがいることに今まではずっと感慨深さと寂しさを覚えていたが、今は腹の奥底で澱《おり》が渦巻くような感覚が襲ってくる。誰とも知らない輩がグレースを傷つけたのかと思うと、目の前が真っ赤に染まって我を忘れてしまいそうになった。

その醜悪でドロドロした感情は、ときおりユージーンの中に生まれては苛《さいな》んできた。

初夜のときは、あまりの高揚感と興奮に頭が焼き切れそうだったのを覚えている。無我夢中でグレースを貪り、他の男は見たことがないであろう足の傷を見た自分は、彼女の特別なのだと喜んだ。

自分だけが知るグレースがそこにいる。

この痴態も、淫靡さも可愛さも。自分だけが知ればいい。

誰にも知られたくない。誰にも触れられたくない。いっそのこと閉じ込めて、もうあとはユージーンだけがグレースと接触できる檻《おり》を作ってしまえたらどんなにいいか。

仄暗い考えが頭を過ぎる。

だが、これで喜ぶのはユージーンだけだ。閉じ込められ自由を奪われ、さらにどこにも行けない身体になってしまったら、きっとグレースは絶望するだろう。

町に出て自分の足で歩けたことをあんなに喜んでいた彼女を、失いたくはない。あのとき『楽しかった』と言って見せてくれた心からの笑顔を奪うのが、自分であってはならないはずだ。

そんな一方的な幸せは望んでいない。二人で幸せになろうと言ってくれていたではないか。

己を律し、理性的であろうとしていた。グレースを傷つけまいと。

だが、パーティーの日、理性と欲望の均衡が崩れ去った。

グレースに酷い言葉を投げつけ、あまつさえ触れようとした男が憎かった。

両親を喪った悲しみを共に分かち合えるレイラに、苛立ちが増した。

もう止めようがないほどにぐちゃぐちゃになって、吐き気がするほどに怒りが次から次へと湧き出てきた。落ち着け、これは身勝手な感情だと何度も自分に言い聞かせたが、治まる気配はない。

――グレースは、自分のものだ。

おぞましいほどに欲に塗れた感情が、どこまでも続く。

彼女は、そんな汚い欲を受け入れてくれた。子どものように『嫌わないで』と言うと、『嫌わない』と返して抱き締めてくれたのだ。

「大好きよ、ユージーン」

その言葉に、涙が零れそうになった。鼻の頭が痛くなって、熱いものが込み上げてくる。

ボロボロと自分の中で張りつめていたものが崩れ落ちて、その真ん中で淡く光を放っていたものが現れる。歪で不格好なそれを認めたとき、ストンと腑に落ちた。

そして、さらに気持ちに歯止めがかからなくなる。

「――――俺も、好きだ……グレース」

この言葉がすべてだった。ユージーンのすべてだ。

あのおぞましい感情も怒りも、嫉妬からくるものだろう。いわゆる独占欲だ。休養中に物語を読んで学んだから覚えている。

きっと、多分、おそらく。

何となく原因が分かったが、初めての感情に戸惑って確信が持てなかった。持てないのであれば、学ぶしかない。

「……それで、私のところに相談に来たというわけかい？」

「そうだ」

「なるほど。それにしても何故私に？」

「グルーバーは女性が好きだろう？　アウネーテ様がお前は女性にモテていると。パーティーの日も女性を口説いて節操がなかったと聞いたが？」

「これから教えを受けようと思う人に、もう少し敬意を払ってもいいと思うけど？　大事なのは気遣い溢れる言葉だよ！」

事実を言ったまでなのだが、何やら言い方がまずかったらしい。やれやれと頭を抱えるグルーバーは、『まぁいいや』と気を取り直した。立ち直りも早いらしい。

「つまりは嫉妬に狂うほどにグレース様を愛しているってことでしょ？　それの何がいけないのさ」

「いけないだろう。いつかグレースを傷つけることになるかもしれない」

感情に振り回されたら身を滅ぼすどころか、大切と思っている人さえこの手で傷つける。これが果たして愛情と言えるのか。

「愛なんて傷つけて傷つけられるもんでしょうが。傷つかない愛情って嘘っぽいよ。そして傷つけあった心を癒すのもまた愛情」

わけが分からないという顔をすると、グルーバーは呆れたような顔をする。

「まぁ、愛なんて形は千差万別。一概には言えないけど、君がグレース様を大切にしたいという気持ちが本物なら、自《おの》ずと答えは見えてくるんじゃないの？」

大切にしたい気持ちは本当だ。それだけは偽りない。

だが、後ろめたさが残る。

「……グレースとディアーク様の命、どちらかを選べと言われたら、ディアーク様を取るような男でも、彼女を愛してもいいのだろうか」

こんな自分が、愛ゆえに彼女を傷つけても構わないと言うのか。

グレースはそれでもいいと言ってくれたが、あまりにも身勝手で浅ましい。自分が恥ずかしくなる。

「うわ～……何その真面目な考え」

グルーバーは苦虫を噛《か》み潰《つぶ》したような顔をしていた。

「真面目？　当然の考えだろう？」

「そうだけどさぁ……何もそれを天秤にかける必要なくない？」

「かける必要はあるはずだ。俺はずっとディアーク様のために生きるべきだと……」

「あ～！　やめやめ！　そういうのよくないよ。何より自分によくない。もうそういう時代じゃないの。君はもうそういう生き方しなくていいんだよ」

「ディアーク様も同じようなことを言っていた。何のために仲間がいるのかと」

『自分』を見つけてほしいと。過去に囚われずに、自分のために生きてほしいと言われた。

だが、その変化を受け入れようとした途端、感情の制御が不能になってしまっているから困っているのではないか。

「つまりは、私たち仲間がいるからドンと構えて愛に勤《いそ》しめってことでしょう！」

「いや、そういうことではないだろう？」

「そういうことだよ。こんなに優秀な仲間を頼らずに何でもかんでも一人でこなそうとするから、そうやって悩むんでしょうが！」

私は優秀でしょう？　と当然のように聞いてくるので考えてみた。

たしかにディアークに選ばれるだけのことはあって、判断力と行動力は申し分ないし、先を見据えて動くこともできる男だ。軽口がうるさく面倒だし何より騙《だま》された覚えがあるのでそこはマイナス要素だが、それを差し引いても仕事上では、ある程度はディアークを任せられると思う。

もう一人の側近も、警護面では運動が苦手なせいかあまり頼りにはならないが、その代わりに情報収集と戦略に優れている。彼が出す草案はディアークも一目置いていて、今の政局に欠かせない人物でもあった。

「……優秀だと思う」

「でしょう？　だからその刹那的な生き方はやめなよ。ディアーク様についているのは君だけじゃない、私たちもいる。この城にいる人間含めたら相当な数だ。……でも、グレース様には君しかいない。それとも他の男に渡してしまうかい？」

他の男、と言われた瞬間に自分の身体が総毛だった。昔はその方がいいと彼女に言っていたは

ずなのに、今はそんなこと考えるだけで心が掻き毟《むし》られそうになる。

「嫌だ。それだけは、絶対」

「だよね。そんな激しい嫉妬をしている君が、それを許すはずもない。なら、グレース様を失いたくなければ私たちを頼ることを覚えなよ。信頼は弱さじゃない、強さだよ、君」

信頼は強さ。

それは、ユージーンの常識を覆《くつがえ》す考え方だった。他人を頼るなど愚か者がすること、所詮頼れるのは自分だけだという、マルクトの盾の教えがあっての自分だったのに。

それが突き崩されていく。

グルーバーによって、ディアークによって、――――グレースによって。

「……俺が任された仕事をできないと言っても、お前は失望しないのか？　使えない奴だと切り捨てたり」

「するわけないでしょ。そんな殺伐とした職場環境、嫌だよ私だって。むしろ、少しくらい頼ってくれた方が先輩風を吹かせられるから嬉しいけれど」

皮肉や嫌味《いやみ》でもなく、彼は純粋にそう言って笑っている。仲間にもいろんな形があるようだ。頼ってもいい仲間、頼る強さ。愛を知り、愛する人ができたユージーンには今一番必要なものだろう。

皆が言う、真面目に考え過ぎるなというのはこういう意味なのだとようやく分かった。もっと肩の力を抜いて、頼れるべきところには頼れと。

もう一人ではないのだから。

愛する人が待つ家に、帰らなければならないのだから。

「昔のお前は孤独であるがゆえに。余分なものはすべて切り捨てて生きてこられた。それが強みでもあったはずだ。でも、今はまた違う強みを手に入れられたってことだな」

「盗み聞きはダメですよ、ディアーク様」

突然割って入ってきた声に、グルーバーが茶化《ちゃか》すように咎《とが》める。ディアークはいつの間にか側近たちが使う部屋の中に入って来て、話を聞いていたらしい。

「すまない。随分と前から話しかけるタイミングを見計らっていたんだが、大事な話を邪魔してはいけないかと思ってね」

「いいえ、こちらこそ気付かずに話し込んでしまい、申し訳ありません」

椅子からスッと立ち上がり礼を取ろうとすると、ディアークは気にするなと手を横に振る。そして目の前までやってきて、ユージーンの胸を拳で小突いた。

「ユージーン、愛情も仲間も、苦しく思う反面、素晴らしいものだ。それに気付き始めているから、葛藤する。いつかは答えが出る。それまで悩んで悩み抜け」

悩まずに人を愛せる人などいないのだから、とディアークは言う。迷いを持つことは悪いことばかりではなく、また対人関係には必要なことなのだと。

「君はそういうことにおいては初心者だから、私が優しく教えてあげるよ。頼れる先輩である私がね！」

調子づいたグルーバーが自信満々に言っていたので、とりあえずよろしく頼むと頭を下げる。

すると、自分から言い出したくせに何故か驚いたような顔をしていた。

グルーバーは表情も目まぐるしいし話もうるさいが、今回の話はとてもためになったのは事実だ。これからも何かあれば意見を聞くことは有用かもしれない。

「では、話がまとまったところで、緊急だが会議を開きたい」

スッと顔つきを変え、硬い声で話すディアークの声に背筋がピンと伸びた。


以前ユージーンを爆発に巻き込んで怪我を負わせ、自身も火傷を負い意識がなかった男が数日前に目を覚まし、ずっと聴取を続けていた。

あの無人の建物の中で密かに爆発物を作っていた目的や、入手ルートを含めての聞き取り調査だったのだが、医者が長時間話すのは厳しいと言うので遅々として進まない状況が続いていた。

だが、今回それに進展があったようだ。

その報告を、もう一人の側近であるラングストンがしてくれていた。彼は爆発現場周辺の情報収集と共に、男の取り調べも一手に担っている。

爆発物を使うやり口は、王妃派の中でも過激な連中が使っていた手だ。

「それで、あいつは正妃派の残党なのか？」

ユージーンがそう聞くと、ラングストンは首を横に振る。実は男は誰かに依頼されて爆発物を作っていたに過ぎないらしい。

「彼は人づてに金を渡され、いくつか爆発物を作るように依頼をされていたようだよ。そんなときにユージーンが登場。捕まったら確実に処刑されるので、証拠を消そうと火を着けてものの見事に自滅、だそうで」

ラングストンは両手をパッと開いて男を茶化して肩を竦める。

「金だけもらって依頼人の正体などは一切調べなかったようですね。一度だけ今できている分の完成品がほしいと言って取りに来たそうですが、特に名前もきかなかったそうで。そういう商売の仕方を昔からやっていたそうです。いわゆる、何でも屋ってやつですね」

つまりは誰かが糸を引いているが、現状唯一の手掛かりである男も知らないというわけだ。

ユージーンは焦りを覚える。万が一、これからまた誰かが同じようなことを企てたら、王都は再び混乱に陥るだろう。足の悪いグレースは上手く逃げられるか分からない。

そのとき、自分が側にいられる状況なのかも分からないのだ。

できれば未然に防ぎたい。

「つまりは、作った爆発物の一部が今王都にあるというわけか」

ディアークの言葉に場の雰囲気は一気に重くなる。これからまたその黒幕を探すことになるが、手掛かりひとつない。

「まぁまぁ、そんな暗い顔しないでくださいよ。一応ね、念のためにルシアン様の様子も調べておきました。軟禁場所の方で何か変わった様子がないかって」

ルシアンは、かつてディアークと王位を巡って争った正妃の息子だ。

今は彼を国所有の領地にある保養所に軟禁し、一生をそこで過ごすようにとの沙汰が下りていた。彼は王位継承戦争の当事者ではあるが、首謀者である王妃と宰相が自害したのちは全面降伏を公の場で宣言したのでそのような処遇となった。王妃の祖国への配慮もある。

「驚いたことに、随分と前から軟禁場所から逃亡していたようです」

「はぁ？」

グルーバーの驚愕《きょうがく》の声を聞きながら、ユージーンもまた息を呑んだ。

ルシアンが逃亡した。それは戦火の予感をさせる言葉だった。

「何で気付かないの？　ちゃんと見張りもつけているし、所在確認もしてたでしょうが！」

興奮した様子のグルーバーが声を荒げる。無理はない話だった。どう考えても見張りの人間の怠慢としか思えない。

「数か月前、ルシアン様が自傷行為に走ったという話が上がって来たでしょう？」

「あぁ、たしか、自分の顔を焼いたのだったか……」

沈痛な面持ちでディアークが答えると、ラングストンは頷く。

「その治療で顔を包帯でぐるぐる巻きにされていたわけですよ。そんな状態だったから顔の確認などできるはずもなく、見張りはベッドの上で包帯巻きの男が寝ている姿を見て、それをてっきりルシアン様だと思い込んでいたわけです」

実際は姿かたちが似た替え玉が、同じように顔に火傷を負わされて包帯を巻かれた状態でいただけだった。それにようやく気付けたのが、王都からの報せによって詳しい確認を行ったつい先日のこと。

発覚が遅れたのは、ルシアンが世話をしていた侍女を懐柔し、替え玉を軟禁場所に引き入れていたこと、日に二回の所在確認のさいに体調を崩していて会えそうにないと見張りに報告させていたことが大きい。

侍女は相当ルシアンに心酔し、彼のためならば命すら投げ出すつもりだと話していたらしい。

「あれは一見人当たりが良く大人しそうに見えるが、人たらしだ。子どもの頃からするりと懐に入り込んでは利用する」

一連の話を聞きながら、ディアークは頭を抱えながら悩まし気に言う。半分血が繋がった弟とはいえ、ルシアンの存在は彼に複雑な思いを抱かせているのだろう。

『私がこんな身体になってしまったのも、ルシアンの差し金だ』

かつて、ディアークがルシアンを語ったときの言葉だ。

ディアークは昔毒を盛られて、その後遺症で呼吸器官が弱くなってしまったのだが、首謀者は幼いルシアンだったというのだ。

そのとき、ルシアンは九歳。侍女を言葉巧みに誘導して、ディアークが飲む紅茶の中に毒を仕込ませた。

すべてはその侍女が企《たくら》んだことだと王妃が言い張り彼を庇ったが、のちに動機を語ったことがあるそうだ。抑揚のない声で、悪ぶれる様子もなく。

『お母様が、お兄様が邪魔だ邪魔だって毎日のように言っていたから、その願いを叶えてあげただけ。どうしてダメなの？　だってお兄様がいなくなればすべて丸く収まるって、皆分かってることじゃない』

子どもながらに、罪の意識のなさに恐れ戦いたとディアークは言っていた。

そんな彼が今、行方を晦《くら》ませている。不気味さとそら恐ろしさが拭いきれない事態だ。

「目的はディアーク様でしょうか」

「普通に考えればそうだな」

グルーバーの言葉をディアーク自身が肯定する。

復讐《ふくしゅう》か、それとも王位の簒奪《さんだつ》か。もしも男に爆発物を作らせていたのがルシアンであるのなら、もう一度王都を戦場にして戦おうというのか。

「どちらにせよ、ディアーク様の警護は強化をするとして、ルシアン様の捜索にも人手を回しますよ。必ず彼を匿《かくま》っている奴がいるはずですからね。まぁ、何か起こる前に捕まえられたらいいんですけど。あとは、すでに出回った爆発物の捜索もですねぇ。やることが多いな」

「念のため、また空き家などを利用して危険物を作ったりしていないか捜索も必要だね」

「アウネーテ様の警護も強化する必要があるでしょう。……嫌がるとは思いますが」

「王妃派の残党でまだ狩り切れていない人物のリスト、ユージーン君が持ってたよね？　それ、私とラングストン君にも回して。あとは兵士たちにも伝えよう」

三人で今後の策を話していると、ふいにディアークがこちらを見ていることに気が付いた。視線を返し、『何か？』と問うと、彼はこちらに少し身を乗り出して口を開く。

「……気を付けろ、ユージーン。お前もルシアンに狙われている可能性は十分にある」

グルーバーとラングストンの驚きの目がこちらに一斉に向く。ユージーンは薄々自身の身の危険を感じていたので、ゆっくりと頷いた。

一度、ルシアンと相まみえた過去がある。

「ルシアン様を捕らえたのは、私ですからね」

おそらくその恨みは買っているだろうと分かっていた。

王妃と宰相が追い詰められて自害をし、ディアークが再び城に帰還したときの話だ。

密かに身を隠し、毒矢でディアークを遠くから狙おうとしていたところをユージーンが発見し、彼を捻じ伏せて暗殺を未然に防いだのだ。それによりルシアンは拘束されて、ディアークの前に引っ立てられ、全面降伏を宣言させられた。

拘束してからも、ディアークに引き渡してからも、ルシアンはずっとユージーンを怨念の籠った形相で睨み付けていた。その顔は絶対に忘れないとでも言うように。

あの怨讐の目はユージーンの脳裏に焼き付いている。

「あいつは、執念深い。再び毒で私を殺そうとしたと聞いて、その執拗さに驚いたほどだ」

子どもの頃、毒で殺し損ねたからまた毒でと思ったのだろう。本人は捕縛されたときからほとんど口を開かなかったので真相は分からないが、ディアークはそう見ているようだ。

「気を付けろ。お前はもう、帰らなければならない場所があるだろう？」

——生きて帰ってきて。

グレースに懇願されたことを思い返す。

あの言葉は、ユージーンの支えだ。生きていてよかったと喜び、帰ってきてと願う人がいる今、絶対にこの命を奪われるわけにはいかなかった。

もうグレースを悲しませたくない。

「肝に銘じておきます」

彼女の幸せそうな笑みを思い浮かべて、首を縦に振る。

今はどうしても、彼女と共にある人生にしがみ付いていたかった。

「君に一つ伝えなければならないことがある」

少し遅めに屋敷に帰り、食事と風呂を済ませてグレースが待つ寝室へと赴き、そして重々しく口を開いた。

ユージーンの様子に、グレースが不安そうな顔をする。それを和らげるために彼女の手を握り締めた。

「おそらく、君にとっては聞きたくない話だろう」

それでも敢えてグレースの耳に入れようとしているのは、重要な話だからだ。ユージーンのその気持ちを汲《く》み取ってくれているのか、グレースは震えながら耳を傾けてきた。

「実は軟禁中だったルシアン様が、逃亡したと報告が今日上がってきた」

『ルシアン』という名前に、グレースは顔を凍り付かせた。それは彼女にとっては忌まわしき名前だろう。

「……どうして、今さらルシアン様が逃亡を……」

「どうやら随分と前から逃亡計画を練っていたらしい。所在や目的は不明だが、王都に戻ってくる可能性は高い。先の爆発事件も、ルシアン様が絡んでいるかもしれないとの報告もある」

「そんな！」

グレースは悲痛の声を上げた。ようやく平和が戻ったというのに、また脅かされるのだろうかと震えている。彼女の小さな身体を抱き締めて、どうにか安心させるような言葉を言ってあげたいが、何をどう言っても上滑りしていくようだった。

人を慰めるということをしたことがないので、気の利いた言葉が出ない。自分の口の下手さに辟易《へきえき》して、ただ抱き締めることしかできなかった。

「……ユージーン、私との約束覚えている？」

「あぁ。生きて帰ってくる。忘れていない」

背中に手を回され、服をぎゅっと握り締められた。

「俺は君が心配だ。何かあったらと思うと気が気でなくなる。……いつでも側にいられないこの身が恨めしい」

つい本音がポロリと出てくる。これにはグレースも驚いたようで、顔を上げてユージーンを見つめて瞬いた。

「どうしちゃったの？　ユージーンがそんなことを言うなんてらしくない……」

自分でもそう思っている。少し前だったら、こんなこと微塵も思いもしなかっただろうし、ましてや口に出すなんてディアークへの裏切りだと責めただろう。

けれども、それ以上にグレースを失うことが怖い。

自分の道に迷いが生まれてしまうほどに、彼女はもう自分から切り離せない人になってしまった。

「……君のせいだ。君が、俺を変えてしまった」

「ユージーン？」

自分のせいだと言われて怪訝な顔をしている彼女が愛おしくて、笑みが零れる。

「別に仕事を疎かにしたいと言っているわけじゃない。ただ、今日仲間というものがどういうものなのかを学んだ。誰かを信頼することで、守れるものがあると。君を、守れる強さを持てると」

きっと根幹は変わらないのだろう。真面目さも拭えないし、対人関係は不器用なままだ。けれども、そんな自分の一部を切り捨てて新たな要素を組み込むことは悪くないと知った。

肩の力を抜く。そんな感覚に近いのかもしれない。

「グレース、俺はきっと君がいなくなってしまったら、もぬけの殻になってしまうだろう。そのくらい執着しているし、君に関わるものすべてに嫉妬する心の狭い男だ。こんな情けない男になってしまったが、――それでも君をどうしようもなく愛しているんだ」

その始まりはいつだったかよく分からない。

ディアークの命令で見守り始めたときか、それとも城で再び会ったときか、それとも『生きていてよかった』と泣かれたときか。

――もしくは。

胸が苦しい、痛い。ぐしゃぐしゃになって自分が自分ではなくなる。感情に振り回されて、惑うばかりだ。

でもそれ以上に、グレースの側にいることに無上の幸せを感じている。

誰かと手を繋いだときに伝わるぬくもりがどれだけ安堵をくれるかとか、抱き締めたとき、この腕にすっぽり入ってしまう小さな身体にすり寄ってしまう心地よさとか、ユージーンの身を案じてくれる人がいる喜びだとか。

今まで知らなかったことをグレースは教えてくれたのだ。

「情けなくなんかない。ユージーンがそこまで私を思っていてくれて嬉しいもの。私も愛している。大好きよ」

こんな自分に手を差し伸べてくれる彼女の強さに、自分も負けないような強さがほしい。

――雨の降る中、掴まれた手の感触を思い出す。

あの日、手に入らないと思っていたものに触れられる今、その幸せを二度と離さないような強さがほしいと願うのだ。

第五章

また争いになるかもしれない。

皆が、ディアークが、アウネーテが、——ユージーンが。危険な目に遭うかもしれない。

そんな予感に震えていたグレースを、ユージーンはずっと抱き締め続けてくれていた。背中を擦り、こちらが落ち着くのを待ってくれている。

ある程度不安が和らいだのを見計らって、彼は今後の話をしてくれた。

極力外に出ないこと、茶会などに誘われても当分は断って様子を見た方がいいと言っていた。

もともと外に出ることも、茶会に誘われることもほとんどないのでそれは問題ないのだが、レイラにまた会いましょうと言われていたのでそれだけが残念だった。

それと念のためとルシアンの特徴を教えてもらった。グレース自身、ルシアンを見たことがなく、ディアークからも、半分血が繋がってはいるがまったく似ていないとしか聞いていなかった。

少しでも特徴を覚えておけば、いざというとき何かの役に立てるかもしれない。

「一番の特徴は火傷だ。ルシアン様は数か月前に逃亡のために自分の顔を火で炙《あぶ》ったらしい。そのため人相はかなり変わっていると思うが、とりあえず顔に火傷がある男を見つけたら報告してほしい」

「火傷……」

そう言われて思い浮かんだ顔に、ゾワリと悪寒が走った。

「ユージーン、私、火傷がある男の人に最近会ったばかりよ……」

恐る恐る告げると、彼は目を見開いて『どこで！』と食い付いてきた。

グレースはレイラの屋敷で会ったジュリアスについて話す。年の頃もルシアンと近く、その振る舞いも丁寧だったので育ちは良さそうだ。

それに、屋敷の外で倒れていたところをレイラが拾ったのだと話していた。もしも軟禁場所から単身逃げ出し王都にやってきたのであれば、現在、頼るあてのないルシアンが行き倒れる可能性も否定はできない。

「分かった。明日ディアーク様に話をして、調べてみる。おそらくレイラ様は取り調べになるだろうが……」

「ええ。……仕方のないことだわ」

自分の支えだとジュリアスを紹介したレイラ。彼女は本当に愛おしそうに彼を見ていた。

もしも彼がルシアンだとしたら、彼女の孤独を利用して取り入ったのだろう。正体を隠し匿ってくれるようにと唆して。あの愛人のような振る舞いもすべて演技なのだとしたら許せない。

だが、一方で、ルシアンでなければいいと思う自分もいる。

ようやく見つけた心の支えが、実は追われている身だった。そんなことを知れば、レイラは再び悲しみの底に沈んでしまうだろう。愛する人を失う苦しみは、そう何度も味わいたいものではない。耐えがたく、ともすれば心が壊れてしまうかもしれない。

早くルシアンが見つかればいい。でも、ジュリアスがルシアンでなければいいのに。

複雑な祈りを抱きながら、結果を待った。

翌日にはさっそく動いてレイラから話を聞いたようだ。それと同時に屋敷にいるジュリアスの捜索も行われた。

ところが、屋敷にはジュリアスの姿は見えず、ユージーンたちが辿り着く前に逃げてしまったらしい。行き先をレイラに問《と》い質《ただ》しても彼女は黙秘を続け、結局は見つけられないまま屋敷での捜索は一旦終了したようだ。

だが、やはりジュリアスが怪しいとして行方も追いつつも、レイラを城に連行して取り調べを行うことにしたとユージーンは話す。何かしらの手掛かりが見つかるかもしれないし、時間をかければレイラもまた口を開くかもしれないと。

ユージーンもディアークも、彼女が何も言わないことに引っ掛かりを覚えているらしい。もしも何も知らずに騙されただけならば、ある程度の情報を口にしてもおかしくはないし、本当にただの愛人であれば容疑を避けるために否定をしてもいいはずだ。

それもなくただだんまりなのは、ショックのあまり言葉を失っているのか、それともルシアンと知っていて匿い、今も彼を庇い続けているのか。その判断がつかないので、城で様子を見るということだった。

レイラの身は心配ではあったが、ことは一刻を争う事態だ。城の警備も固めつつ、人手を増やしてルシアン発見に全力を注いでいるところだろう。

ユージーンもその忙しさからか、屋敷に帰る時間が遅くなったり、時には真夜中というときもあった。それでも毎日帰ってきてくれて、疲れた身体を癒すようにグレースに抱き着いて、そして泥のように眠っていた。

朝も朝で早く、夜が明けて間もない時間に出立《しゅったつ》する。明らかに睡眠時間が足りない彼の身を案じたのだが、短時間睡眠は慣れていると返された。

「昔はよく、細切れに睡眠を取りつつ見張りをしていた」

そう話す彼は、何故か目を細めて嬉しそうに懐かしそうに話す。聞いているだけで過酷そうな話なのに、ユージーンにとって、それはただの思い出なのかもしれない。

そんな日が五日ほど経つと、町も兵士たちの物々しい様子にざわつき始め、ピリピリした空気が漂ってくる。屋敷の使用人たちも口々に不安を口にし、何が起こっているのかと噂を口にし始める。

グレースは、ユージーンを信じて待つだけだ。彼ならばこの状況をどうにかしてくれるだろうし、毎日無事に帰ってきてくれると。

その信頼はどれだけ不安が胸を覆おうとも、変わることなくあり続けた。

ところが、突如として聞こえてきたガラスが割れる音で、このまんじりともしない状況が打ち破られた。

グレースはその緊迫した音に怯えて身体を強張らせる。一緒に部屋で編み物をしていた使用人が様子を見てくると部屋を出て行った。すると、しばらく経って悲鳴が聞こえてきたので、ただごとではないと確信して廊下に出る。

今何かあれば、屋敷や使用人たちを守るのはグレースの役目だ。怖かったがこのまま怯えて隠れるわけにもいかず、震える手で手摺《てすり》を辿りながらどうにか悲鳴が聞こえてくるサロンまでやってきた。

見えてきた光景に息を呑む。

サロンの大きな掃き出し窓が破られて、ガラス片が部屋のあちこちに飛び散っていた。これが最初に聞こえてきた音の正体だろう。

次に数人の使用人たちが部屋の隅で固まって怯える姿が見える。彼女たちが悲鳴を上げた。

そして、窓を破り、彼女たちをそこまで怯えさせるもの。

「こんにちは、グレース。お邪魔しているよ」

それが、行方が分からず追われているはずのジュリアスだった。

いや、もう彼はジュリアスではないのだろう。この暴挙といい、手に握られた爆発物と思《おぼ》しき物といい。その正体は疑いようがなかった。

「――ルシアン様」

彼の本来の名前で呼ぶと、にぃ……と口端を持ち上げて、嬉しそうな顔で笑う。

「やっぱり僕の正体の察しがついていたね。なら、話は早そうだ」

窓際から一歩近づくルシアンから遠ざかるように後退する。じりじりと寄ってくるルシアンからグレースを守ろうと使用人の一人が駆け寄ろうとしたところを、ルシアンが手に持っていた爆発物を見せつけてそれを牽制する。これ以上は近づいてくれるなと。

「さて、グレース。僕と一緒に来てもらうよ。逆らったらどうなるか……君なら分かるよね？」

目の前に掲げられた筒状の爆発物は、まだ導火線に火がつけられていない。だが、今後グレースの態度次第では火が着く恐れもあると言っているのだ。

緊張と不安で今にも倒れてしまいそうだ。足が痛み、呼吸も浅くなってきた。

それでも毅然とし、立ち続けなければならない。今、この屋敷にいる人間を救えるのはグレースしかいない。自分がこの家を守る者としてしっかりしなければならないのだ。

「分かりました。ついて行きますので、どうかそれを収めてください。そして、屋敷の者に危害を加えませんよう堅くお約束を」

「いいよ。約束してあげる。楽しみはこれからだもんね」

彼の言葉をどれだけ信用していいかは分からないが、今は信じるしかない。さぁどうぞ、と手を差し出してくるルシアンを警戒しながら、グレースはゆっくりと彼の許へと足を進めた。

手を引っ張られ、前のめりになってルシアンの胸に飛び込む。彼はグレースを逃がさないようにと腕の中に閉じ込めて、嬉しそうな声で言ってきた。

「最高の舞台を用意してあげたよ。一緒に楽しもうじゃないか、グレース」

ディアークは、自分とルシアンはまったく似ていないと言っていた。たしかにまったく似ていなかった。

ルシアンの瞳の奥に狂気が見える。

身の毛がよだつほどの恐怖に、グレースは震える手を握り締めた。

ルシアンは外で待機していた仲間であろう男と共にガーランド邸の馬車を奪い、グレースを中に押し込んだ。

「今から旧ミレット邸に行くよ。一応言っておくけど、逃げ出そうとしたら君の屋敷に火を放つし、君だってただじゃおかない。分かるよね？」

脅しながら告げた行き先は、かつて宰相をしていたミレットの家だった。王妃の愛人と噂され、共に自害した彼が棲んでいた屋敷。今は一家離散して誰も住んでおらず、国が財産として没収したはずだ。

どんな意図があってミレット邸に行くのか、そこで何が待っているのか。ただただルシアンの目的が分からず、かといって下手に聞き出して彼を刺激するのも怖くて口を噤んでいた。

屋敷の誰かがユージーンに知らせに走ってくれるといいのだけれど。ルシアンはここにいると知ればきっと駆けつけてくれるはずだ。

「さっきから静かだね。怖くて言葉も出ない？　怖い？　これが」

口をつぐみ続けるグレースが面白くないのか、茶化すようにまた爆発物を目の前に掲げて見せつける。危険だと分かっているはずなのにぞんざいな扱いをする彼に怯えて、唇を噛んだ。いちいちルシアンを喜ばせるかのように怯えている自分にも腹が立つ。

「でもさぁ、これが爆《は》ぜる瞬間は綺麗だよね。パッと光が広がって一瞬で全部が吹き飛ぶの。見たことある？」

まるで、グレースをいたぶるかのように聞いてくる彼が腹立たしくて、汗を掻きながらねめつけた。彼の言葉一つ一つに当時の混乱の様子が甦り、身体が拒絶反応を起こしている。

「当時はあちこちで光が上がっていろんなものが弾けて。綺麗だったなぁ。僕は城の窓から見ていたよ。黒い煙、燃え盛る炎、逃げ惑う人々」

「やめて」

耐えきれずに、制止をかける。ルシアンは待ってましたとばかりに、ニヤリと笑みを浮かべた。

「ようやく口を開いてくれたね、グレース。沈黙はつまらない。僕とお話しようよ。君もいろいろと気になるだろう？　僕もいっぱい話したいことがあるんだ」

まるで子どものようだ。心を弾ませながらグレースと話したいと言ってくる姿は、無邪気に見える。でも、ときおり見せる狂気のようなものはたしかに彼の中にあって、ルシアンという人間を掴めずにいる。

最初にジュリアスとして現れたとき、妖艶な姿を見せキスまでしてみせた彼。

どれが本当の姿なのだろうか。得体のしれないものを相手しているように思えて、そこはかとない恐怖が溢れて止まらなかった。

「ねぇ、レイラは元気？　ユージーンから何か聞いている？」

「……ずっと黙秘を続けていると。特に体調を崩したという話は聞かないので、元気でいられると思いますが」

今さらレイラの身を案じる振りをするなんて白々しい。このために利用したのだろうと内心憤っていたグレースは、鼻白みながら答えた。

「そう、よかったよ。僕のせいで酷い目に遭っていないか心配だったんだ」

「なら、何故レイラ様を巻き込んだんですか？　心配するくらいなら、最初から関わり合わなければよかったのに」

「巻き込む？　違うよ。レイラから協力したいって言ってきたんだ」

「そう言わせるよう仕向けたのでは？」

「さっきまで震えていたのに、だんだんと強気になってきたね。その調子だよ」

ルシアンがこちらを煽っているのが分かって、頭に昇った血を鎮めた。冷静さを持っていなければ、目の前の人と対等には渡り合えない。ただでさえ、こちらは不利だ。

「レイラ様の寂しさに付け込んだのではないですか？　貴方のその弁舌なら、言葉巧みに誘導することもできるのでしょう？」

「敢えて否定はしないよ。でもね、レイラとは約束があるから。その約束のために彼女は僕に協力してくれているんだよ」

「約束とは？」

怪訝な顔で聞き返せば、ルシアンは自分の唇に指を当てる。これは話すつもりはないようだ。

「僕が誑《たぶら》かしたにせよ、レイラが進んで飛び込んできたにせよ、彼女は僕の協力者だ。きっと今頃彼に伝えてくれているだろう」

――ユージーンに君の誘拐ことをね。

酷く楽しそうな顔で彼は言う。

「……最初から、レイラ様が捕まることも織り込み済みだったの？」

「僕が君の前に姿を現した時点で、正体がバレるのは分かっていたからね。彼女には伝達役に徹してもらったんだ。指定した時刻が来たら、ユージーンにこのことを告げるように。それまではずっと黙っているんだよって。彼女ならきっとその役目を果たしてくれている」

つまりは、自分の正体がバレることも、それによってレイラが捕まることも予測した上でグレースを誘拐し、ユージーンをおびき寄せる手筈も整えていた。

気にかかるのが、先ほどからルシアンの口からはユージーンの名前しか出てこない。ディアークをどうこうするつもりはないのだろうか。王位の簒奪、復讐。普通に考えればそちらに矛先が向くはずなのに。

この計画を随分と前から考えていた割に向こう見ずだ。ユージーン一人をどうこうしただけでは、ディアークにとって痛手だとしても地位までは脅かされないだろう。

（……もしかして、目的はユージーン個人なの？）

徐々に導き出てきた答えに、悪寒が走る。

グレースの知らない二人の因縁があるのであれば、その可能性も否定できない。ユージーンもまた王位継承争いの渦中にいた人なのだから。

「……貴方の目的は何？」

ドクドク、ドクドク。心臓がうるさいほどにうねりを上げる。

ニヤァと唇の端を持ち上げて、ルシアンは恍惚の表情を浮かべた。

「——復讐」


馬車が旧ミレット邸に停まり、グレースを無理矢理馬車から引きずり下ろしたルシアンは、仲間の男に何かを耳打ちしていた。男はこのまま外に残るらしく、二人だけで門扉を潜り抜けていく。

腕を引かれ屋敷の方へと連れてこられる。玄関の扉の鍵は壊された形跡があって、事前に下見に来ていただろう。もしかすると、レイラが捕まってからの数日間はここで身を潜めていたのかもしれない。

旧ミレット邸は栄華を誇っただけあって、グレースの屋敷よりも遥かに広かった。

ダンスホールの端にある大きな階段を上り、二階へと連れてこられる。三部屋ほど並んでいたが真ん中の部屋へと入り、不自然にぽつんと一つだけ置かれた椅子にグレースを座らせた。

「まぁ、その足じゃ逃げられないと思うけど、念のためね」

用意してあった縄で括《くく》り付《つ》け、動けないように固定する。

ルシアンはグレースから少し離れたところに立ち、窓に凭れかかりこちらを観察するかのように眺めてきた。縛り付けられている無様な姿を楽しんでいるようにも見える。

「……復讐って言ってましたけれど、ルシアン様とユージーンに接点があったのですか？」

とにかく何かを引き出さなければと話をかける。彼はちらりと視線を寄越すと、目を細めた。

「あるよ。あいつは僕の邪魔をしたんだ」

「邪魔？　何のですか？」

「お兄様を殺す邪魔」

「それは、幼い頃貴方が侍女を使って毒を盛ったとき……ではないですよね」

「あぁ。僕が捕まる直前。むしろ、そのせいで僕は捕まって閉じ込められる羽目になった」

グレースはあの争いがどんな形で終結したのかを、敢えて耳に入れていなかった。そこにどんな一幕があったのかさえ、聞くのは辛かった。

だから、彼が直接ディアークの命を狙っていたなんて知らなかったのだ。ルシアンは大人しく全面降伏の意思を見せていたと聞いていたからだ。

ましてやそれにユージーンが関わっていたなんて。

「あのときユージーンが邪魔をしなければ、今王になっていたのは自分だったのに、と彼に怒りをぶつけたいのですか？」

「いや、少し違うかな。怒りの根源はそこじゃない」

グレースは怪訝な顔をした。

ならば、他の何が彼をこれほどまでの怒りに駆り立てているというのか。

「多分、君には理解しがたい話だよ。理解してもらおうとも思っていない」

「けど、もしも貴方が、今後私に危害を加えるつもりであるならば、私はその動機を知らされてもいいはずです。何も知らずにむざむざと殺されるほど惨《むご》いことはないと思います」

死は突然訪れる。唐突に刃物を向けられ、わけも分からずに命を奪われる人だっているだろう。両親だってそうだ。滑落は一瞬のことで、何が起こったか、何故自分が殺されなければならないのか分からないまま息絶えた。

そんなのは嫌だ。これ以上罪の犠牲になって堪るものか。この命は、誰かに弄ばれるためにあるんじゃない。

「別に話してもいいけど。でもまぁ、きっと君にとってはつまらない話だ」

前置きをした彼は、自嘲の笑みを浮かべた。それは、ルシアンが初めて見せた、本心の一端のように思えた。何故か寂しそうに見えたのだ。

「僕はさ、生まれてきてからずっと、王子であることが存在意義だった。そうでなければ意味がない。王になり得る人間でなければ存在価値がない。お母様はそう口には出さなかったけれど、子どもの頃から何となくその本心を読み取っていた。まぁ、あの人が分かりやすいだけだったのかもしれないけど」

『貴方が王になったらね』、『王になるためにはね』。それればかりを聞かされていた幼少期。王妃はルシアンが王になるのは必然だと話し、ルシアンもまたそうであると信じていた。

「だから、お母様がお兄様が邪魔だと言えば、僕もそうだねって賛同して頷いた。あんまりそればかり言ってきてうるさいから、お兄様に毒を盛って消してやろうと思った。そうすれば少しは静かになるかなって。お母様は血相を変えていたけれど、でも皆のいないところで喜んでいたよ。お兄様が城を出たら、さらに喜んだ」

無垢《むく》で純粋であるからこその残酷さ。ただ、母親が喜ぶだろうと思ったから、人を一人殺そうとしたのだ。ルシアンは王妃のエゴの犠牲者でもあるのだろう。きっと王妃がディアークを排除するような発言をルシアンの前でしなければ、そんな凶行には至らなかったかもしれない。

「でもさ、邪魔者がいなくなると今度は別に目を向け始めた。宰相のミレットにくっ付いて、僕を見向きもしなくなった。彼と仲良くした方が僕にとってもいいことだって言ってたけど、結局二人で仲良く僕を置いて死んじゃったのなら違うよね。ただあの人が肉欲に溺れただけだ」

抑揚もなく淡々と話す口ぶり、感情を消した顔。そこに彼の絶望の深さを窺い見る。自分の母親との思い出も消し去りたいと言わんばかりだ。

彼は先ほどこれを『つまらない話』だと揶揄していた。

「お母様がいなくなって、気が付けば僕に残されたものは何もなかった。空っぽだったんだ。ずっと手に入るものだと思っていた王位もお兄様の手の中。そのときさ、ふと気づいたんだ。僕って、お母様のためだけに生きてたんだなって」

すべてが母親を中心に回っていたルシアンの世界が、突然崩れて途方に暮れたのだろう。そしてそれが彼をとんでもない方向へと向かわせる。

「城に入ってくるお兄様の姿を見て思った。どうせこのまま捕まって殺されるなら、一度くらいは自分のために何かしてみようって。じゃあ、何をすればいいかなって考えたらさ、ここで僕がお兄様を殺せば、この国は面白いことになるんじゃないかって。もしもそのまま滅んだりしたら、この空っぽでちっぽけな僕も歴史に名を残せるって思いついたんだよ」

いい考えでしょう？　そんな無邪気な声が聞こえてきそうなほどに、パッと顔が明るくなった。

ルシアンは、善悪の判断がないのだ。それを教えてはもらえなかったのだろう。だから、命を奪うことに罪悪感もなければ倫理にもとる行為だとも分かっていない。

「そんなことをしても残るのは悪名だけでは？　それに十分名を残しているはず」

「君が言っているのはお母様が残したものだ。僕自身が残したものじゃなければ意味がない。悪名だっていいよ。僕を覚えていてくれるなら。僕は、僕の意思で何かを成し遂げることが大切なんだ」

それが最善なのだと信じて疑わない。何者でもなくなった自分が、アイデンティティを取り戻すためにディアークを殺さなければならないとまるで暗示のように思いこんだ。

だが、それをユージーンが阻止した。

「分かるかい？　グレース。あのとき、あの場所で、皆の前でお兄様を殺すことが重要だったんだ。それなのにユージーンはこっちの都合もお構いなしに僕を捕まえて、惨めな存在に貶《おとし》めた。あまつさえ、処刑もされずにただ無為に過ごす日々を強要された。ユージーンは僕の存在価値を殺した」

「そんなもの、言い訳でしかないわ。どんな状況に置かれようとも、生きる意義を見出せる人は見出せる。ユージーンが貴方を殺したんじゃない。貴方が貴方自身を諦めてしまっただけよ。縋るものを失って、心の拠《よ》り所をなくしてしまったらもう何もないって思ってしまうけれど。でも、狭い自分の世界の中でも、見つけようと思えば見つかる」

グレースがそうだったからだ。同じように両親が亡くなり、屋敷の後片付けも終えてしまったら途端に虚無感が襲ってきた。何もない、自分に残されたのは傷ついた身体だけだと悲観したときもあった。閉じ籠もって、苦しみもした。

でも、それでもこの心臓が動いている限り生き続ける。あの事故の中で生き残った自分は、きっと生き残った理由を見つけなければならないのだ。無為な人生で終わらせていいはずがない。

だから、できることから始めた。起き上がって、着替えて食事をして、歩く練習として庭も歩いた。趣味を作ろうと編み物にも挑戦したし、外は怖いけれど馬車でならばと勇気を振り絞った。

「甘えないで」

「うるさいなぁ」

「ユージーンのせいにしないで。彼はやるべきことをした。貴方すらも救ったわ」

そんな身勝手な理由で復讐される謂れなどない。怒りのあまりに眦に涙が浮かんでくるが、睨み続けた。こんな人に彼を奪われて堪るか。

「じゃあ、あいつは僕の救世主？　こんなに僕が苦しんでいるのに？」

「貴方が勝手に苦しんでいるだけよ」

「何言っているの？　皆自分勝手に生きているじゃないか。お母様も自分のためだけに僕を道具として扱った。カーマイン公爵も自分の権力を維持するために孤児を道具にした。お父様だって病気で身体が弱っていたけど、面倒だから横で起こっている争いごとに目を背けて勝手に死んだ。皆が自分勝手だ。……レイラだって」

皆と同じことをしているのに、何故自分だけ責められなければならないのか。彼はグレースに問う。

人間は、誰しもが自分勝手な一面がある。グレースだってそうだ。それを完全に否定はできずに言葉を呑み込もうとした。

でも、人間の本質はそれだけじゃない。

酷い人はどこにでもいる。この世はときには驚くほどに残酷なのだ。

自分勝手に酷い言葉を投げつけて蔑んで、ときには利用して相手のことなど構わずに振る舞う。傷ついて、心が耐えきれないと咽び泣いても、それでも。

それでも人々が生きていくのは、希望があると知っているからだ。小さくて今にも消えてしまいそうな光が、いつかは大きく自分を照らすものになると希望を持つから。

そうやってどうにか生きている。

「貴方の子どもみたいな癇癪《かんしやく》に、彼を巻き込まないで！　自分が苦しいから、ユージーンに責任とれって？　そうやって他人のせいにして生きているから苦しいのよ。だから側にある優しさに気付けずに、勝手に苦しんでいるんじゃない！」

どうか奪わないでほしい。グレースから希望を。愛を、優しさを、ぬくもりを。

理不尽に傷つけられるのはもうたくさんだ。

「……レイラ様は貴方に優しかったでしょう？」

少なくとも、ルシアンにとってレイラは身勝手なだけの存在ではないはずだ。彼を拾い、側に置いて、そして今もその身を削りながら協力している。

やり方は間違っているのかもしれないけれど、ルシアンへの献身があるからそこまでできるのではないのか。

気付いてほしい。そしてどうにか思いとどまってほしい。このまま罪を犯せば、共犯のレイラまで重罰を科されるかもしれない。

「――君は分かってないなぁ。レイラの何を知っているのさ」

ルシアンからピリッとした空気が漂う。苛立ちを見せた彼に警戒したが、それは一瞬のことで、すぐに別の表情に取って代わる。

彼は、酷く泣きそうな顔をしていた。

「君の綺麗ごとしか出てこない口で、彼女を語らないでよ。僕だって分かっているんだ。分かってる。でも、彼女は結局……」

ここで初めてルシアンが迷いを見せた。顔を歪め、俯いて耐え難い何かに耐えるようにと、唇を噛み締めている。

「……まぁいいや。どうでもいい。今さらどうだっていい」

だがふと、すべてを諦めたかのようなことを呟《つぶや》き、身体から力が抜けて無の表情になる。

「ルシアン様……」

何か彼の中で迷いがあるのではないかと聞こうと思ったところで、ルシアンはおもむろに窓から身体を離してグレースの目の前までやってくる。

こちらを見下ろす彼は、グレースの髪の毛をひと房掴んでグイっと引っ張り上げた。痛みに呻いて顔を顰める。

「可哀想なグレース。あんな男と結婚したばかりにこんな目に遭って。後悔するといいよ」

小馬鹿にしたような憐れみを孕んだ目で見つめられ、腹立たしさが湧き出る。

ルシアンがレイラを語るなと止めたように、グレースもまたユージーンとの結婚を彼にとやかく言われたくなかった。それにこの事態を招いたのはユージーンではなく、ルシアンだ。

「私は一切後悔なんかしていないわ。ユージーンとの結婚は何にも代えがたい無上の幸福よ」

睨み付けてきっぱりと彼の言葉を否定すると、ルシアンは鼻で笑い髪の毛から手を離す。そして扉の方まで歩いていって振り返った。

「果たして、この後も同じように幸せだって言えるかな？」

笑い声を残してルシアンは部屋から出て行く。

そしてガチャリと外から鍵をかけられた音が聞こえてきた。

◇◇◇

はぁ、はぁ、と肺が空気が足りないと喘ぐように呼吸を繰り返す。嫌な汗が滲み出てきて、手も手綱が滑ってしまいそうなほどに湿っていた。少しでも気を抜けば、正気も判断力も失ってしまいそうだ。

今すぐにでもグレースを救い出し、ルシアンから取り返したい。

不安と焦りで心が焼き切れそうだった。

――今頃ルシアンがグレースを誘拐しているでしょう。彼からの伝言です。『先日の爆発現場で待っている』と。

そんなおぞましい伝言を受け取ったのは、ラングストンがレイラを取り調べている最中に突如として呼ばれたときだった。

今まで一言も発しなかったレイラがおもむろに口を開き、ラングストンに時間を尋ねた。そして時間を聞くと、ユージーンに伝えたいことがあるから呼んでくれと言う。それっきり再び口を閉ざしたので、ラングストンはその言葉に従った。

訝《いぶか》しみながらユージーンがやってくるなり、彼女は先ほどの伝言を告げてきたのだ。

思わずレイラの胸倉を掴みそうになったが、ラングストンに止められた。そのあともどういうことなのかと問い質しても、彼女は頑として口を開かなかった。

時間を見てユージーンを呼び寄せたということは、事前にルシアンとそういう段取りを整えていたのだろう。むしろレイラはそのために捕まったのかもしれない。

ユージーンの冷静さは一瞬のうちに飛んでいった。今すぐにでも指定された場所に行って、ルシアンからグレースを救い出さなければならない。そうでないと、頭がどうにかなってしまいそうだった。

そんなユージーンを見て、グルーバーはこれは罠《わな》だと言い、まずはグレースの所在を確認してから動くべきだと言う。ラングストンは同じくもっと情報を精査してからの方がいいのではないかと進言してきた。

だが、そんな余裕がユージーンにはない。今からガーランド邸に戻ってグレースの所在を確認し、それから指定された場所に向かっていたら大幅に時間を食ってしまう。

その間にもしもグレースの身に何かあったらと思うと、気が気ではなくなってしまう。

『誘拐した以上、そうそう人質に危害は加えない。安易に殺したりしたら、人質の意味はない』

ラングストンは取り乱すユージーンを宥めるように言ってくる。

だが、彼は知らないのだ。人質がどんな扱いをされるのかを。ユージーンが昔見た人質たちの半分以上は、悲惨な目に遭った。生還した者もいるが、心身ともにボロボロになった。

もしも、グレースがあんな風に扱われていたら。そう思うだけで身の毛がよだつ。

待っていることなどできなかった。

そんなユージーンを後押ししたのが、他でもないディアークだった。

『行け。グレースを必ず救ってこい』

それに頷いて馬に飛び乗り、あの日爆発に巻き込まれた場所に辿り着いた。

前回の反省を生かして今回は一人ではなく、兵士を数人共に連れている。たしかに一人の方が動きやすいが、人が多い方がグレースを助け出せる確率は上がるだろう。

今回は自分だけの問題ではない。グレースの命がかかっている。

あの事件以来、ここには足を踏み入れてはいなかった。火災と爆発で焼けた崩れた建物は、真っ黒に焼け焦げた残骸が転がり、あちこちにまだ煉瓦《れんが》の壁が残っている箇所が見受けられた。柱もそのままの形に焼け残ったのか何本か残っている。

調査が終わった後は、崩落の危険性があるからと立ち入り禁止にしている場所だった。ただでさえあの悲惨な過去を思い起こす場所として町の人から忌避されているので、今は誰も近寄ろうとはしない。

そんな場所の真ん中に、男が一人立っていた。

焼け焦げた跡地の中で煤けた支柱を見上げ、まるで観光地にでも来たかのように辺りを見回している。

ユージーンは馬を止めて飛び降りる。後に続いていた兵士たちも同じように止まり、少し離れたところで待機するようにと命じる。

パキ、と炭化した木材を踏みながら跡地の中に進むと、男は不意にこちらを振り返った。

顔の火傷と、見覚えのある髪の色と体つきを確認して彼がルシアンだと確信する。

「待っていたよ、ユージーン。こちらにおいでよ」

ルシアンはニヤリと笑い、誘いかけるような言葉をかけてくる。その悠長な言葉に苛立ちが増したが、今はそれどころではない。

どこにもグレースの姿が見当たらないのだ。

この跡地に彼女を隠せるような箇所はない。だとすれば、近くの建物に隠しているのか、それとももっと別の場所に。もしかすると誘拐自体狂言だった可能性もあるのかと訝しむ。

狂言なら彼女を巻き込まずに済んでいるということなので、できればその方がありがたいが果たして相手方はそんな温《ぬる》い手を使ってくるか。出方が全く見えない。

どちらにせよ、城を出ると同時にガーランド邸にもグレースの所在を確かめるために人を走らせているので嘘かどうかは分かる。

「偉いね、ちゃんとやって来た。やっぱりグレースは君にとってそれほど大事な人だってことだね。僕の目に狂いはなかったな」

「グレースはどこだ」

御託はいいから早く彼女の居場所を教えろと急かすと、それを焦らすように彼はおどけた顔をしてみせる。

分かっている。煽ってこちらの冷静さを奪おうとしているのだ。

挑発に乗ってはいけない。状況を見極めなければ。伝わってくる情報の端々から必要なものだけを精査して、答えを導き出さなければならない。マルクトの盾のときの訓練や実地を思い出せと自分を叱咤する。

「ねぇ、グレースのことは一旦置いておいて、僕と話をしよう」

「する気はない。グレースの居場所を吐く方が先だ」

「馬鹿だね、君。そう簡単に教えるわけないじゃない。彼女は君の弱点だ。存分に使わなきゃ」

『弱点』という言葉に、ユージーンは胸が苦しくなった。

グレースをできればそういう存在にしたくはなかった。ユージーンも最大限、配慮していたつもりだ。

だが、結果彼女を危険な目に遭わせてしまっている。きっと恐ろしくて震えただろう。助けを求める声を上げげたのかもしれない。その姿を思い浮かべるだけで胸が張り裂けそうだ。

「レイラに聞いたよ？　随分とグレースを愛しているみたいじゃないか。彼女に触れた男に嫉妬し、昔話に花が咲いていたレイラにも嫉妬していた。驚きだねぇ。マルクトの盾にいた君が、まさか人を愛することができるとはね」

「それがどうした」

「グレースへの愛が深ければ深いほど、君は苦しむわけだ。愉快だね」

「復讐か？　それならば俺に直接刃を向ければいいだろう」

「復讐は復讐だけど、別に僕は君を殺したいわけじゃないんだよね。死の苦しみは一瞬だ。それじゃあつまらない」

より甘美に、そして骨の髄まで痛めつけるような苦しみを与えたいのだと彼は言う。命を奪うだけでは生温いと。

「望みは何だ」

「君が苦しむこと」

「ならもう十分だろう！」

「全然」

「俺のことは好きにしていい。だからグレースを巻き込むな！」

これ以上、グレースを苦しめるようなことをするつもりならば容赦はしない。ディアークの弟であろうが何だろうが、彼女を守るためならばどんな咎でも背負おう。

ユージーンは剣を抜き、切っ先をルシアンに向けた。

「言え！　グレースはどこにいる！」

「その必死な顔、最高にいいね」

それでも彼は顔色一つ変えず、揶揄するような言葉でユージーンを挑発してきた。

その瞬間、怒りを通り越して、急に頭の中が冷静になる。スゥ……と自分の中の何もかもが冷えていって、五感が目と耳以外は鈍くなっていく感覚だ。

久しぶりに味わう。昔は日常的だったのに、ずっと忘れていた。

フゥ……と肺の中の空気を一気に吐き出すと、足に力を込めて地面を蹴り上げる。剣をそのままに身体を捩《ねじ》らせてもう片方の手を切っ先よりも前に伸ばすと、ルシアンの肩を掴んだ。後ろへと押し倒し、身動きが取れないように膝を肩の上に置く。

それにはさすがのルシアンも驚いたのか、目を見開いてこちらを見上げていた。だが、自分の状況を把握できると、また元の余裕を携えた顔に戻ったのでさらに追い詰める。

彼の右手を掴み地面に押さえ付けると、そのすぐ真横に剣を突き刺した。

「拷問が必要か？」

いつまでも吐かないつもりなのであれば、それも辞さない覚悟だ。話す気になるまで、指を一本一本斬り落としていけばいい。大抵の人間が切り落とされる前に吐くが、それでも口を閉ざしていた人間も一本斬り落としたらその痛みに悶えて、堪らず吐くものだ。

「野蛮だな。僕はそういうのは嫌いだよ」

「俺も好まないが、致し方ない」

「言っただろう？　話をしようって」

「グレースの居場所を話す以外、何を話す」

今のユージーンにはそれ以外は必要ない。そう切り捨てようとしたが、ルシアンはそうはさせてはくれなかった。この状況で、愉悦に濡れた顔を見せる。

「今、僕の仲間が城を囲むようにして待機している。時間が来れば、爆発物を城に投げ込む計画だ」

「何？」

「もしもそうなったら、城はどうなるんだろうね？　お兄様は無事かなぁ？」

クスクスと笑うルシアンに、ユージーンは歯嚙《はが》みをした。

もしもそんなことが起こったら、城は混乱に陥るだろう。城壁は壊され警備も緩くなる。そんな最中に敵が城内に入り込んだら、ディアークの命も危ないかもしれない。

「城の周りに爆発物を持った奴らが控えている！　知らせに城に走れ！」

ユージーンたちの様子を近くで見守っていた兵士たちに叫ぶと、一人が慌てて馬に乗って城に向かって行った。ルシアンを睨み付けながら、その様子を耳で捉えた。

「あれ？　君は行かなくていいの？　お兄様の忠犬だろう？　ご主人様の危機にはちゃんと駆けつけないと」

本当なら、ここは兵士たちに任せて今すぐにでも城に舞い戻るべきだ。ディアークの警護と、混乱に陥るであろう指揮系統を整え、速やかに実行犯を捕らえて被害を最小限に抑える。

ユージーンがディアークの側近として課せられた使命は、それが第一だ。何よりも優先すべきことなのだろう。

だが、グレースの命がかかっている。そんな中、彼女を放って城になど行けるはずがなかった。もうそんなことができる自分ではないと気付く。

いつか彼女に告げた言葉は、偽りではなかった。本当にそう思っていたのだ。

グレースかディアークか選べと言われたら、ディアークを選ぶと。自分はそういう人間だと信じていたのに、いざそのときになってみるとそんな安易な選択などできないと思い知る。

それほどまでに変わってしまったのだ。

グレースへの愛が芽生えたとき、すべてが塗り替えられた。

「……行かない。俺はここですべきことをする」

「へぇ……お兄様を見捨てるんだ？」

「違う。ディアーク様のことは仲間に任せる。……信じているからな、あいつらを」

グルーバーもラングストンも。きっとディアークを守ってくれる。混乱を治めて、敵を制圧してくれると信じているから、今は行かないという選択肢を取った。

いや、取れたのだ。

仲間とはどういうものなのか、信頼を置くとはどういうことなのかを教えてもらったからだ。一人で戦う必要はない、仲間を頼れと言ってもらえたから、ユージーンはグレースを優先できる。

「信頼とか薄ら寒い言葉を使うんだね。お前もグレースもむかつくよ」

ルシアンが苦々しい顔で吐き捨てた。

「だったらやっぱり殺すのはグレースかなぁ」

「……おい」

「君を苦しめるにはそっちの方が効果がありそうだ……ぐっ」

減らず口を塞ぐようにルシアンの首に手をかける。潰れたような声を出して、彼は苦しさに喘いでいた。

さらに追い詰めるように手に力を込めた。

「……いいの？　僕を殺したら、グレースの居場所は分からなくなるよ？」

「お前の情報なしで探してやる」

「果たして彼女にそんな時間が残っているかな？」

その含みを持たせた言葉に、ゾワリと悪寒が背中を走った。

「……どういう……意味だ？」

まさか、まさか、まさか。

ユージーンの頭にいろんな最悪な状況が浮かんでは廻《まわ》る。

「グレースの方も、時間が来れば火を放つように指示してあるんだ。あとどのくらいだろう？　可哀想に、彼女はもうすぐ燃え盛る火に囲まれてしまうね」

ひゅっ、とユージーンの息が止まった。

「上手く逃げられるといいけど。……でもどうだろうね？　あの足だからなかなか難しいかなぁ。階段を下りるのも大変そうだ。その間にじわじわと恐怖を味わうんだろうなぁ。煙と熱が襲い掛かって来てさぁ」

「黙れ！」

聞くに堪えない。そんな話。今まさにグレースがそんな状況に追いやられようとしているだなんて信じたくもなかった。

――憎い、憎いと心が叫ぶ。殺してやりたい、今すぐにでもと抉られるような痛みに呻いた。

「お前はあのとき、僕から存在意義を奪った。なら、僕もお前から奪ってやる。生きている意味を失った人生に苦しめよ、ユージーン。喪失に咽び泣け！」

「クソっ！」

殺されて堪るか。奪われて堪るか。

グレースがユージーンに生きていてほしいと願うように、ユージーンもグレースに生きてほしい。あのときの彼女の慟哭が痛いほどに胸に突き刺さる。

このままルシアンを殺してしまえば、居場所が分からずに手遅れになってしまうかもしれない。

だが、口を割らせている間に火が放たれてしまうかもしれない。

「ぎゃあっ！」

「……グレースは、どこだ」

指を一本ずつ削ぐなど生温い。手のひらに剣を突き立てて、吐けと脅すように凄む。グリグリと剣で手を抉り、痛みを広げて追い詰めていく。

だが、それでもルシアンは痛みを堪えながら、ユージーンを見て鼻で笑った。

「後で教えてよ、グレースがどんな風に死んでいったか。そのとき、君はどう思ったか。僕にその絶望をすべて曝け出して、楽しませてくれ」

ユージーンは悔しさに唇を噛みながら、あえなく手を離した。きっとこのままルシアンを苦しめ続けても口を割らないだろう。彼はただただ、ユージーンを苦しめたいだけでここまでのことをした。

おそらくその命も惜しくはないのだろう。逃げるつもりもないからたった一人で姿を現し、捕まって処刑されることも辞さない覚悟だから、グレースの居場所も言わない。

この手の輩は失うものがないので厄介だ。目的のためならばどんなことだってするだろう。

おもむろに立ち上がり、足早に跡地から出て行く。

「ルシアン様を城に連れていけ。残りはグレースの居場所の割り出しに協力してほしい。できれば警邏《けいら》の人間にも協力を仰げ。彼らの方が町に詳しいだろう。おそらく火を放つつもりならば空き家である可能性が高い。加えて、二階以上の建物だ。見つけたら俺の指示を待たずにグレースを助け出してほしい。……頼んだ」

兵士たちにそう頼み、自身も馬に飛び乗った。

空き家に関しては先日の爆破事件の調査で一覧にしてあったので、それを元に探し出せばいい。記憶に新しいのでそのほとんどを覚えている。

加えて、二階以上の建物に絞ったのは、先ほどのルシアンの言葉がヒントになった。『あの足では階段を下りられない』という言葉から、階段を下りなければ脱出できない場所に監禁されていると考えるべきだ。

ここから一番近い空き家の位置を兵士たちにそれぞれ教え、散り散りになってグレースの捜索を始める。ユージーンもまた、めぼしいところから捜し始めようとしていた。

そのとき、城の方から爆発音が聞こえてくる。

サッと顔色を変えて城の方へと視線を向けると、砂塵《さじん》と黒煙が上がっているのが見えた。

知らせが間に合わなかったか、それとも間に合ったが対処が遅れたか。

どちらにせよ、ルシアンの言葉が本当ならばこの後も何度も爆発があるだろう。どうにかグルーバーやランドルフたちが被害を最小限にとどめておいてくれるといいが。

今は彼らがどうにかしてくれると信じて託すしかない。

「あ～あ、爆発しちゃった。これはもう大混乱だね。探すのが大変だ」

立ち昇る噴煙を見上げて、ルシアンは楽しそうな声を上げる。それに牙を剥き再び怒りを露わにしそうになったが、あることに気が付いた。

噴煙を見上げていたはずの彼が、ちらりとあらぬ方向へと視線を向けたのだ。それは一瞬のことだが、そちらを見て口端を小さく持ち上げた。

ユージーンもそちらに視線を向けて、目を凝らす。

城の方向には間違いないのだが、煙が上がっている位置よりも東に位置するそこ。あの辺りにあるものと言えば……。

ハッとして手綱を強く握り締めると、馬首を返して走らせた。

これが最後だと覚悟しているのであれば、舞台に選ぶのはきっとルシアンにとって意味のある場所だ。

――それは他でもない、自分の母親を奪い、命すらも道づれにした男の家。

旧ミレット邸だ。

そこを目指して、ひたすらに馬を走らせた。

必ずグレースを救えると信じて。


遠ざかっていく馬の足音を聞きながら、ルシアンは目を閉じた。

さすがに目聡《めざと》く気付いたのか、ユージーンは真っ直《ま》ぐ《す》に旧ミレット邸へと向かって行く。

だが、果たして間に合うだろうか。彼が目にするのは業火に焼かれて苦しむグレースか、はたまた、まだ生きている姿か。

もうどうでもいい。ユージーンを打ちのめせれば何だってよかった。

「お前も僕と同じでただの道具だったくせに……何でお前ばかりが愛されるんだよ……」

ないものねだりに心が咽《むせ》び泣く。
いくらユージーンを苦しめようとも、惨めな自分が転がって空を見上げているだけ。
——結局空っぽのままだった。

第六章

椅子の背もたれを後ろ手で抱えるように縛られた手をどうにか外そうと、グレースは必死になった。一人で旧ミレット邸に置き去りにされてからしばらくこの拘束から逃れようと格闘していたが、なかなかに難しい。

左足に力が入らないので、手を使えなければこのまま立ち上がることも困難だ。ましてや椅子を抱えながらとなると、重さが邪魔をする。

思い切って、身体を右側に倒した。床に肩を打ち付け鈍い痛みを感じたが、眉根を寄せて耐えた。右腕も椅子の下敷きになってしまったので、痛みが右側全体に広がっていく。

グレースは背もたれから身体を引き抜こうと必死に四肢を動かした。ゆっくりではあるが、徐々に身体が背もたれの上の方にずれていき、ようやく抜け出せた。床の上でドッと脱力し、湧き出た汗を抑えるために深呼吸をして息を整える。

椅子から抜け出せても、手首を拘束している縄はいまだそのままだ。そちらもどうにかできないかと手をあらゆる限り動かしたものの、手首を痛めつけるだけで外れなかった。

手が使えればまだ脱出の好機はあったものの、これでは時間がかかりそうだ。もたもたしているうちにルシアンが戻ってくるかもしれないし、また別の危機が襲ってくるかもしれない。

どうにかしなくてはと、部屋を見渡す。

出入口は二か所。部屋の出入り口と、大きな掃き出し窓だ。現実的に考えて出入り口から出るべきだろうが、ルシアンは部屋を出たあとに鍵をかけていた。そこを破っていくのはこのざまでは無理だ。そうなると、窓からベランダに出て助けを呼ぶしかない。

床を這うようにして移動し、窓を目指す。

（あぁ……ユージーンに会いたい）

不安な心がそう叫んでいた。

ルシアンがユージーンに何をするつもりなのかは分からない。危険な目に遭っていなければいいけれどと、ひたすらに彼の無事を願っていた。

大丈夫、彼は生きて帰ってくると約束してくれている。何が何でもグレースとの約束は果たしてくれる。けれども、万が一のことがあったら。

一つ一つ不安を潰しては、また側から不安が押し寄せてきていた。

「…………ぅっ」

左足の傷がじくじくと痛み、グレースを苛む。不安がこの痛みを引き起こしているのだと分かっていながら、どうしようもなかった。ここには心を落ち着かせてくれるものが何一つない。

だから、しばしの間動きを止めて、ユージーンの顔を思い浮かべていた。

最後に会った彼は、どんな顔をしていただろう。今朝早く屋敷から出て行く姿を見送ったときが最後で、『いってらっしゃい』と声をかけたのを覚えている。

ユージーンは今日も遅くなりそうだと申し訳なさそうに言っていて、グレースはあまり無理しないでねと返した。繋いでいた手は名残惜しそうに指を絡ませながら離れていったし、額にもキスをくれた。

そしてグレースは思ったのだ。

――あぁ、好きだな、と。

口に出しておけばよかった。もう気持ちは繋がっていると分かっていながらも照れ臭くて、なかなか言葉にできないこの想い。馬鹿みたいな恥じらいを捨てて、伝えていればよかったのだ。

「……ユージーン」

会いたくて会いたくて堪らない。

いつものようにこの手を握ってほしいし、痛む身体を抱き締めてほしい。一人でこの苦境を乗り越えるには、あまりにも心細かった。

ところが、そんなことを言ってはいられない事態がグレースをさらに追い詰める。

(………煙の臭い)

身体中の毛穴が広がって冷や汗が溢れ出てきた。息が浅くなり、唇が震える。

そんなまさか。信じがたい気持ちで窓の外を見ると、煙が立ち込めていた。明らかに近くで何かが燃えている。

何か、というより、この屋敷が燃えているのだ。

「……あ……あ……あぁ……」

見開いた眼から涙が零れ落ちてきた。

何故こんな惨《むご》いことをするのだと、愕然として硬直状態になってしまったのだ。

このまま焼き殺されてしまう。

ルシアンは、グレースを殺してユージーンを苦しめるつもりなのだ。わざわざ別の場所に彼を呼び出して、その隙にグレースを惨たらしく殺し、彼を絶望に追いやる。

真面目な彼のことだ。きっと自分を責めるだろう。守れなかったことを悔い続けるかもしれない。グレースが知っている喪失の痛みを、彼も味わうのだと思ったら耐えられなかった。

そうだ、死んではいけない。このまま簡単に諦めてはいけないのだ。自分のためにも、ユージーンのためにも。

絶対に生きて帰ってきてと彼に約束をさせたのだから、グレースだって同じように生きて帰らなければ。絶望的な状況に嘆いている場合ではない。

（……動け……動け）

自分の身体。あらん限りの力を振り絞って、懸命に生きろと何度も言い続ける。痛みで吐きそうになりながらも、生きるためにこの身体はもがくのだ。

徐々に部屋の中にも煙が入ってきて視界が白み始めても、噎《む》せて咳《せ》き込《こ》んでも、それでも。

「……動けっ」

自分の儘ならない身体に叱咤を入れた。

生きるために。

もう一度ユージーンに会って、愛していると伝えるために。

「…………っ！　…………スっ！」

パチパチと焼ける音の向こうに、何かが聞こえてくるのに気付いた。

その瞬間、歓喜で心が震えて嗚咽《おえつ》を漏らす。どうにか涙を呑み込み震える咽喉を鎮めて、仰向《あおむ》けに身体をひっくり返した。

そして、力の限り叫ぶ。

「ユージーン！　ユージーン！」

きっと彼だ。彼が、自分の名前を呼んでいる。探しにここまでやってきてくれたのだ。

自分はここにいる。ここで生きている。

それを知らせるように、何度も何度も、咽喉が擦り切れるほどに叫び続けた。

ガン！　という叩きつけられる音が聞こえてきて、扉が大きく揺れる。そのあとも何度も扉が揺れて、それを見てグレースはくしゃりと顔を歪めて声を出して泣く。

「グレース！」

鍵のかかった扉が打ち破られ、ユージーンが姿を見せたときにはもう、涙で彼の姿が滲んで見えた。

ユージーンの背後、廊下の向こう側は赤く染まっていて、火の手がすぐ近くまで迫っている。

そんな危険な状況の中、グレースを助けるために火を潜り抜けてきてくれたのだと思うと、嬉しくて仕方がなかった。

煤けてところどころ髪が焦げたユージーンが、こちらを見下ろす。

涙でぐちゃぐちゃになった顔や、床を這いつくばったせいでボロボロになった姿に彼は顔を歪めたが、すぐに窓を開け放ってグレースをその腕に抱えた。

バルコニーに出て、手摺に片足をかける。

「舌を噛まないように気を付けろ」

一言言い放つと、ユージーンはバルコニーの手摺を飛び越えて地面へと飛び降りていった。ふわっとした浮遊感と共に、部屋の中に炎が入って来たのか熱風に煽られて宙に浮く。そしてすぐに重力に引きずられるような形で落下していった。

グレースを抱えているにも関わらず、彼はいとも簡単に地面に着地して見せて、すぐさま屋敷から離れるように走り出した。

屋敷を振り返ると、半分くらいはもうすでに炎に囲まれていて、あっという間に呑み込まれていく。もしも、あのときユージーンが来てくれなかったら、無事では済まなかったかもしれない。

先ほどまで自分の身に迫っていた危機を改めて認識し、恐ろしくてユージーンの胸に縋りついた。

門扉を出て炎が届かないところまでやって来ると、ユージーンが乗ってきたのであろう馬がそこにいた。そしてその傍らに、気絶した様子のルシアンの仲間の男がいる。きっと彼が屋敷に火を放ち、ユージーンが捕らえてくれたのだろう。

「グレース、怪我は？」

安全な場所にやってきてようやく余裕が出てきたのか、グレースを下ろすと後ろ手に結ばれていた縄を解き、彼は血の気のない顔でこちらを覗き込んできた。

「大丈夫。身体のあちこちが痛むけど、大したことないから」

心配しなくてもいい。そう言おうとしたが、その前にまるで縋り付くように掻き抱かれた。全身でユージーンのぬくもりを感じ、ずっと渦巻いていた不安が嘘みたいに消えていく。あんなに痛かった左足も、すぅっと痛みが引いて身体が軽くなったのを感じた。

「……よかった……グレース……無事で……無事でっ」

言葉を詰まらせて、何度も彼は喜びと安堵を口にする。髪の毛に顔を埋め、頬を擦りつけた。耳にぽたりと雫《しずく》が落ちてきたことに気が付いて、ユージーンがどれほど動揺しグレースの無事を確認するまで不安だったのかを知る。

同じ気持ちだと、グレースも背中に手を回した。

生きて帰ってこられた喜びを噛み締めながら、グレースは今朝言えなかった言葉を伝える。

「……助けてくれてありがとう、ユージーン。――愛してる」

もう一度言えたことが嬉しくて、涙が止まらなかった。

煙が上がったのを見て駆けつけたのか、城の兵士たちや王都の警邏の人間が次々と集まってきて事態の収拾を手伝ってくれた。もう屋敷は全体に火が回り手の施しようがないので、他の建物

に火が移らないように気を配りながら鎮火を待つ形にしたようだ。

幸い、旧ミレット邸は敷地が広く、庭が広大な上に塀でぐるりと囲まれているので、延焼の危険性は少ないだろうとの判断だ。

ユージーンはその場を彼らに任せて、グレースを医者のもとへと連れて行きたがっていたが、自分は大丈夫だから城の様子を今すぐに見に行こうと言い募った。

聞くところによると城も被害にあったらしい。ユージーンは今気が気ではないだろう。

それでもグレースを優先させて助けに来てくれたのだ、それだけで十分だった。

だが、彼は頑として言うことを聞いてはくれず、グレースの主治医のところに馬を飛ばして彼女を置いていってしまう。

「後で屋敷の者に迎えを寄越させる」

「でも……」

「大丈夫。俺はちゃんと君のもとに帰ってくる。約束だろう？」

額と額を合わせて、微笑む。グレースはコクリと頷いて、去っていくその後ろ姿を見送った。

本音を言えば、ユージーンと離れていたくなかった。だが、冷静に考えれば混乱を極める城に一緒に行ったところで、足手まといになるだけだろう。彼の邪魔をしてしまうかもしれないと考えたら、この判断は妥当だった。

ユージーンにはユージーンの使命がある、それをグレースの我《わ》が儘《まま》で引き留めることはできない。

けれども、屋敷に帰ってきて、グレースだけのユージーンになったときは。

そのときは思いきり抱き着こう。そして甘えよう。

グレースは屋敷で彼の帰りを待とうと決めた。

ところが、あれだけの事件が起こってしまえば早々帰ってこられるはずもなく、三日会えない日々が続いた。毎日昼と夕方に早馬で手紙を寄越し、今日も帰れそうにない旨と謝罪の言葉をくれる。それで元気でいてくれているのは分かるが、少し寂しい。

今日は遅くはなるが帰れそうだとの手紙が届けられたとき、屋敷の皆で喜んだ。ようやく会えるのだと思うと心が落ち着かなくて、夜までずっとソワソワしていたのだ。

結局待ちきれなくて、玄関のソファーに座って編み物をしながら待つことにした。出会ったばかりの頃も、彼と話しをしようとここで待っていたことを思い出す。

あのときは勘違いしてすれ違っていた二人の仲をどうにかしようと必死な構えだったが、今はただ純粋にユージーンに会いたくてたまらなかった。玄関から部屋までの距離すら待てないほどに、帰って来たのならすぐにも『おかえりなさい』と言いたかった。

ちゃんと食事をとっていただろうか、睡眠をとっていただろうか。無茶をしていなければいいけれど。会えなかった間、ユージーンのことを思うたびに案じていたことに、もうすぐで答えが出る。

外から馬車の音が聞こえてきて、ハッと顔を上げた。目の前の扉が開かれるときを、今か今かと見つめながら待っていた。

「おかえりなさい！」

ユージーンの顔が見えた瞬間、グレースは顔を綻ばせながら喜びを露わにする。彼は、グレースがそこで待っていたことに驚いていたが、すぐに破顔してこちらに歩み寄ってきた。

「ただいま、グレース」

少し頬が痩せてしまっていたけれど、元気そうな姿が見られて嬉しい。堪らず彼の手を握って、そのぬくもりを確かめた。

そのまま引っ張り上げられて腰がソファーから浮くと、抱き締められる。寂しかったのは自分だけではなかったのだと分かって、グレースはくすぐったそうに笑った。

食事はもう済ませていると言うので、二人でユージーンの部屋へと向かう。その間ずっとグレースは彼の胴に腕を巻き付けてぴったりとくっ付いていた。歩きづらいが、離れるつもりはなかった。ユージーンが困惑したような顔をしていたが、それすらもお構いなしだ。

部屋に入ってもずっとくっ付いていて、二人でカウチに腰掛けてからも離れなかった。さすがにユージーンが声をかけてくる。

「グレース……着替えをしたいんだが」

「あの、もう少しこのままで……」

いたいのだけれど。強請るように彼の顔を見上げれば、ユージーンはグッと言葉を詰まらせた。

邪魔になっているのは分かっているが、離れられないのにも理由がある。

「でも、その」

「本当はあのときだって、こうやってくっついてずっと側にいたかったの。でも、ユージーンの仕事の邪魔になってしまうし、足手まといになってしまうって分かってたから我慢した。……だから、これはそのときの分。……ご、ご褒美？」

自分で言っていて恥ずかしくなってきたのだが、どうしてもユージーンを独り占めしたくて子どものような駄々《だだ》をこねている。これは妻としての特権なのだと、開き直りつつ、必死にユージーンにくっついた。

「ご褒美って……知っているだろう？　俺の君に対する理性は当てにならないものだと。あまりそういうことをされると、気持ちがこう……煽られてしまう」

目元を赤らめて困ったような顔をされたが、納得できるはずがない。

「別に、我慢なんかしなくても、私は……いいと、思うけど？」

久しぶりにこうやって触れられるのだ。このときを堪能してもきっと罰は当たらない。少しくらい、粗野に触れられてもそれはそれで嬉しいのだ。

触ってほしい。求めてほしい。

ユージーンを感じて、無事に二人であの危機を乗り越えて、平穏な日が訪れたのだと実感したかった。

「怪我、しているだろう？」

「もうほとんど痛くないよ。腫れも引いたし、もう十分動かせる」

やはり椅子ごと身体を倒したときに右肩や肘を痛めたようで、腫れてしまっていたのだが、それも薬を飲んで安静にしていたので問題ない。縄で縛られた手首も、痕や擦り傷が残っていて見た目こそ酷いものだが、こちらももう治りかけていた。

手首はさすがに袖で隠しても見えてしまうので、包帯を巻いているのだがそれが痛々しく見えてしまうのだろう。ユージーンは腹に回っていたグレースの手を取って、キュッと眉根を寄せる。

「……傷痕が残らないといいが」

「大丈夫。そうならないようにちゃんと手当てをしているもの。お医者様も綺麗に治るって言っていたから」

自分のせいでまたグレースに傷が残ってしまうのではないかと、気に病んでいるようだった。

だが、以前より、グレースは自分についた傷を忌むことは少なくなった。受け入れてくれる人がいるということ、曝《さら》け出す勇気をユージーンからもらったことが大きい。

もしもこのまま痕になってしまったとしても、懸命に生きようとした証拠だと誇っていきたいと思っている。

「お願いだから、怪我を理由に突き放したりしないで」

そうお願いをすると、彼は『だからそうやって……』と顔を手で覆って呻いた。

「好きよ、ユージーン」

彼がちらりとこちらに視線だけ向ける。

「好き」

何度言っても言い足りないこの言葉を、グレースは口に出して彼に伝えた。すると、ユージーンは、追い詰められたような顔になって不意に弾かれたように口づけてきた。

「……ンっ……ふぅっ……ン ん」

噛《か》み付《つ》かれるように口を食まれ、容赦なく口内を蹂躙される。舌をちゅく、と吸われて腰からゾクゾクとしたものが這いあがってくると、ユージーンは口を離して欲を滾《たぎ》らせた瞳で見下ろしてきた。

「……会いたかった、グレース。君にずっと触れたくて……堪らなかった」

掠れた声が欲をそそり、グレースの身体を高揚させていく。

ユージーンのこの獣性を秘めた顔が好きだった。いつもは冷静な彼が欲に煽られ、余裕をなくしてしまったときに現れるそれは、グレースしか見ることができない。

ユージーンは自分が嫉妬に狂ってしまうと言っていたけれど、それはこちらも同じだ。彼を独り占めしたいし、こうやって触れられていると優越感と幸福を感じてしまうのだ。

「私も……ずっと寂しかった」

もどかしい気持ちも、焦がれて止まない気持ちも、この一瞬で消え去ってしまう。きっとまた離れたら寂しくて、少しの距離と会えない時間がもどかしいと思ってしまうのだろうけれど、会えばこんなにも簡単に満たされてしまう。

それが分かるから、ユージーンを城に送り出せる。

寂しさを堪えて送り出すから、その代わりにたくさん愛してほしい。

「……ンぁ……ひぁ……あぁ……っ……ぁっ」

性急にドレスのボタンを外され、前身ごろを割り開かれる。中に着ていたシュミーズをたくし上げられて、露わになった胸にユージーンがしゃぶりついた。

「……悪い、寝室まで待てない」

そう罰の悪そうな声で謝る彼は、余裕のない顔でこちらをちらりと見て、また胸に顔を埋める。柔肉に指が食い込み、頂が強く吸われる。最初は痛いだけだったその愛撫が、今では慣らされて快楽の方を強く感じるまでになった。

口をちゅう、と名残惜しそうに離されると、赤く熟れてしまった頂にジンジンともどかしい感覚が広がる。それに焦れるように熱い吐息を漏らすと、クリクリと頂を指で摘まれ虐められた。絞るように上に引っ張られ、扱いては指の腹で擦られて。そうやって少し嗜虐《しぎゃく》的な愛撫を頂に与える一方で、下乳や胸の間、臍の上に啄むようなキスを落とす。頂から走るビリビリとした強い刺激を宥めるようなその唇は、ときおり痕を残すように強く肌に吸い付く。

ユージーンが、この身体に所有印を残してくれている。そう思うだけでゾクゾクするほど感じてしまって、達してしまいそうになった。

子宮が疼いて、愛液を垂らしてその先を待ち望んでいる。ユージーンの唇がどんどんと下に下がれば下がるほどに、その期待は高まった。

腰元で留まっていたドレスを完全に身体から取り払い、また下腹部に舌を這わせながら下着も手でずり下ろしていく。

下着の中から覗き出た下生えを舐め、そのまま舌は秘所へと向かう。舌先で秘裂を割り開くと、まるで虐めてほしいと主張するかのように腫れあがった陰核を可愛がり始めた。

「……あぁっ……はっぁ……ンぁ……あっ……ぁっ……あっ」

頭が痺れるほどの快楽が身体を突き抜け、腰がビクビクと飛び跳ねる。それを押さえ込むように腰を掴まれて、さらに深く口を密着させた。舌だけではなく、唇で吸い付いてきたり挟み込んだりと、あらゆる手でそこを虐められる。

ダラダラと秘所は蜜を垂れ流し、媚肉がヒクヒクと震えては愛される悦びを訴えかけている。もうそこを弄られるだけで高みに達してしまいそうだ。

「……あぁっ……もぅ……あっ……ダメぇ……あっ……ひぁあっ」

足ががくがくと震えて子宮が切なく啼く。あられもない声を上げて、もう達してしまうと訴えると、彼は突然唇を離して愛撫をやめてしまった。

あと少しだったのにと、泣きそうな顔でユージーンを見つめると、彼は息を荒げながら自分の服のボタンを片手で外して寛げた。

欲に濡れた目でグレースを見つめながら下穿きの前も開けると、ぺろりと舌なめずりをして屹立を秘所に押し当てた。

「まだ気をやってはダメだ。……気持ちよくなるなら、一緒に」

そう艶《つや》やかな声で言ったユージーンは、熱く滾ったそれをグレースの中に潜り込ませた。

もうぐずぐずに蕩けてしまっている秘所は、抵抗もなく従順にそれを呑み込んでいく。膣壁を擦られながら中を犯される感覚に身体が火照り、肌が粟立った。

グレースのすべてがユージーンに愛されていることに悦びの声を上げているようだ。

「……ンぁ……あっ……ふぁっあっ……ユー……ジーン……ぁっあぁっ！」

一気に奥まで抉られ、みっちりと隙間なく彼のものを咥《くわ》えこむ。その衝撃でグレースは軽く絶頂を迎えてしまった。

達してしまった余韻に身体が震え、膣も痙攣している。屹立をきゅきゅうと締め上げてしまい、その存在をさらに感じる羽目になってしまった。

締め上げられて感じたのか、ユージーンは気持ちよさそうに眉根を寄せて小さく呻く。屹立も大きくなり、硬さも増した。

「……ぁ……グレース」

熱に浮かされたような声を出し、彼はグレースの左足を腕に抱えて傷口に舌を這わせた。

情事の際、彼は気持ちが高まるといつもそこを舐めてくる。まるで儀式のように、この傷すらも自分のものだと主張するように。

グレースも傷口を舐められると酷く感じてしまい、乱れてしまう。左足の感覚は鈍いままだが、おそらく気持ちが大きく作用しているのだろう。

それにユージーンの目が、焚《た》き付《つ》けてくるのだ。見せつけるように傷痕を隅々まで舌で舐り、腰を動かしては揺さぶり続ける。それに翻弄され痴態を晒すグレースを見つめ続ける目が、熱を引きずり出すのだ。

またすぐにでも達してしまいそう。

そう思って目をギュッと閉じると、ユージーンが上体を倒して唇にキスをしてきた。そして激しく腰を打ちつけて追い上げてくる。

「……ふぅ……ンぁ……んんっ……ぁ……んぁっ」

気持ちいい。求められ、乱され、すべてを奪われる感覚が、気持ちよくて仕方がない。

心も身体も雁字搦《がんじがら》めにして、二度と離れたくないと訴えかけるようにしがみ付く。

どうしようもないほどに、ユージーンの虜《とりこ》になってしまっているのだろう。

何も知らないまま結婚したはずなのに、今は彼の愛にこんなにも溺れてしまっている。ユージーンを愛することに、無上の幸せを感じている自分がいるのだ。

――満たされて、傷が癒えていく。

「……ユージーン……ひぁっ……んんぁ……わたし……また……あっ……あぁっ」

「……俺も……っ……グレース……っ」

唇を重ねながら、二人で高みに昇っていく。下腹部に溜まっていた快楽の塊は、ユージーンが中に吐精したと同時に爆ぜて、全身に強烈な快楽を走らせた。

屹立が何度も白濁の液を出し、中に注いでいく。そのたびに胸にじんわりと温かさが生まれていくような感じがするのだ。

これが実を結んで、新たな命が芽生えたら。

いつか訪れるかもしれない幸せを願いながら、グレースはギュッと最愛の夫に抱き着いた。

もっと君に触れたい。

そんなユージーンのおねだりに快く頷き、再び愛し合ったあとに二人でお風呂に入って身体を清めた。大きなバスタブは二人で入るにはちょうど良く、後ろから抱き締められる形でお湯に浸《つ》かる。

身体を温め情事の疲れを癒している間に、ユージーンはあのあとのことをいろいろと話してくれた。

城の方の被害は一回の爆破で城壁を壊されただけで、特に怪我人《けがにん》もなく終息できたようだ。

ユージーンが城に知らせるために兵士を走らせたので早めに動けたことも大きいが、何より実行犯のその大半が金で雇われただけの破落戸《ごろつき》だったので、すぐに投降してきた。一回目の爆破の威力を目の当たりにして、怖気づいたものも多くいたらしい。

そもそも、ユージーンが爆発物を製造していた男を捕らえる前に、ルシアンはいくつか完成品を取りに来ていたのだが、引き渡した数はそこまで多くはなかった。なので、実行犯たちが持たされていた爆発物も少なく、あの量の爆発物なら、きっと城壁を壊して終わっただろうと。

ルシアンは、本気で城を、ましてやディアークをどうこうするつもりはなかったのではないか。

ユージーンたちの間ではそういう結論が出てきているようだ。

あまりにも荒唐無稽な計画であるし、王位を簒奪《さんだつ》するにしてもお粗末だ。

本当に個人的な感情でユージーンに復讐をしたくてここまでしたのだろう。おそらく、城への攻撃は彼の動揺を誘うためだけのものだったのではないか。

ルシアンは多くを語るつもりはないようで、そこら辺の詳細は聞き出せてはいないらしいのだが、グレースも同じように思えた。

ルシアンは、ユージーンが彼を捕らえたことを恨んでいた。存在意義を殺されたのだと。

傍から見れば逆恨みとも取れる話だが、きっとルシアンにとってはそれが耐えがたい苦痛だったのだろう。

人が何に傷つき、何に苦しむかなど一概には断言できない。傷の形は様々で、傷つくきっかけすら他人には分からないところがあるのだ。

それを分かち合える人がルシアンにも現れていたら、また違った結果が生まれていたのかとふと思う。

——たとえば、レイラだ。

取り調べの結果、人を雇う金も場所も、そして火薬やその他の材料もすべてはレイラが用意をしたのだと分かった。彼女はルシアンの復讐に全面的に協力するように、お膳立てを引き受けたのだ。

彼の気持ちに共感したのか、言葉巧みに騙されたのか、それとも愛情だったのか。それはグレースには分からないが、ただあの日見たレイラは、ルシアンを心の底から愛しているようだった。

彼を見る目が蕩け、全身で愛を訴えていたような気がしたのだ。

それなのに、ルシアンはレイラすらも自分勝手だと言っていた。諦めたかのような虚《うつ》ろな顔でレイラを語る彼はどこか寂しそうで、置いてきぼりをくらった子どものようだった。

二人の間に愛情は生まれていなかったのだろうか。心の傷を曝け出せるほど、心そのものを預けられるほどの絆がなかったのだろうか。

二人の愛は果たして偽りだったのだろうかと、物悲しい気持ちになった。

きっと二人の真実は語られることもなく、彼はまたどこかに幽閉されて日陰の存在になってしまうのだろうかと。

だが、そうではないらしい。今度ばかりはもう極刑が下されるだろうとユージーンが言っていた。今まで王妃の祖国に配慮して軟禁に止めておいたが、反逆の意思ありと見なされた今は、処刑にすべきだという声が方々から上がっているようだ。ディアークもおそらくそれには反対しないだろうと。

国を治める者として、なすべきことをなす。それがディアークに課せられた使命なのだ。

「きっとディアークも辛いわね」

敵だったとはいえ、残されたたった一人の肉親だ。複雑な思いはどうしても抱えてしまうだろう。

「――ルシアン様も極刑を望んだ。殺してくれと」

「……そう」

あぁ、やはり彼は死ぬつもりだったのだと、唇を噛み締める。

あんな恐ろしいことを散々しておいて、殺してくれなんて逃げられるようで悔しい。それに、本当にそれでいいのだろうかとも思う。

そこまでして尽くしたレイラを置いて逝ってしまってもいいのだろうか。

彼女は、ルシアンを支えだと言っていたのに。

「それに、それが約束だとも言っていた」

「約束？　何の？」

「分からない。話そうとはしなかった」

そういえば、グレースと話したときもそんなことを言っていた。そのときも詳しくは話さずに口を閉ざしてしまったが、あの口ぶりからするにレイラとの約束なのではないだろうか。

もしかすると、その約束が二人を繋げる唯一のものなのかもしれない。

そう思っていた。

ところが、一か月後、その答えがポンとグレースの手元にやって来た。城で沙汰が下るのを待っていたはずのレイラからの手紙を、ユージーンから手渡されたのだ。

そして、彼は重苦しく口を開く。

「――レイラ・バジョットが牢《ろう》の中で自害した」

奇《く》しくもそれは、ルシアンが処刑された日だった。


『ごめんなさい、グレース。でもこれはジュリアスとの約束なの。一緒に死んでほしいと願った私の我が儘よ』

その短い文にすべてが込められているような気がして、涙が止まらなかった。

夫を失ってからもずっと癒えなかった彼女の孤独は、もうどうしようもないほどにレイラを追い詰めていたのだろう。空っぽの抜け殻になって、無為に生きるしかなかった。

ルシアンと出会って心の寄り辺を見つけたが、結局は死を望んだのだ。いつか訪れるやもしれない別れに怯えるよりも、二人で安寧の死を、と。

だからルシアンは、レイラをも自分勝手だと言い放った。

彼女を存在意義にできなかったのは、共に生きる未来を最初からレイラが拒絶してしまっていたからなのだと分かって切なくなった。

レイラがこの世に絶望したように、ルシアンもまた絶望に陥ったのだろう。

あの人は寂しい人だった。きっと誰よりも愛情を望み、渇望した人だったのだ。

もしも、グレースがユージーンと出会えていなかったら、同じように絶望の淵に足を進めていってていたかもしれない。いつか身辺整理が終わって何もなくなってしまったとき、そこから身を投げてすべてを終わらせる。

そんな未来が自分にもあったかもしれないと思うと、レイラの決断は辛かった。

「……レイラ様」

あの状況で、自分に何ができたか分からない。救いたかったなどおこがましい考えなのかもしれないが、それでも何かに気付いてあげられたらよかったと思ってしまう。

生きていてほしいなんて、そんな願いはエゴだ。

それを分かっていながら、グレースはユージーンにもそう願い続けている。

けれども、そう自分勝手に希うのは、――きっと人は一人では生きていけないと知っているからだ。

手紙を抱き締め涙を流すグレースの肩を、ユージーンが抱き寄せる。

こうやって側で寄り添ってくれる人が現れた奇跡に、感謝をした。

終章

「あの大木があるでしょう？　あそこの下にお墓があるの」

青々とした葉が生い茂る大きな木を指さしながら、グレースたちは屋敷の前を通り過ぎていく。

ユージーンは木の上の方を見つめ、目を細めていた。

懐かしさで胸がいっぱいになる。

領地にあるこの屋敷は思い出が詰まり過ぎて一人で過ごすにはあまりにも辛く、王都にあるタウンハウスに移り住んでもう久しい。今一度ここに足を踏み入れるときは、あのお墓に入るときだとさえ思っていた。

だが今、こうやって家族と共にこの地に立っている。

墓前に立ち、新しくできた家族を両親に紹介する機会を得たのだ。

「アイヴィー、貴女のおじい様とおばあ様よ」

生まれて間もなく一年となる愛娘《まなむすめ》を抱っこしながら、グレースはここに祖父母がいるのだと話す。アイヴィーは琥珀色のクリクリとした瞳を墓に向け、無邪気な笑顔を浮かべていた。

アイヴィーは、顔はグレースにそっくりだが瞳はユージーンと同じ色をしている。よく笑い活発に動き回る子で、屋敷の皆が彼女を愛で、そしてそのやんちゃさに翻弄されてもいた。

それはユージーンが顕著で、娘が可愛くて仕方がないらしい。最初こそはアイヴィーが泣くと固まって動きを止めていた彼だが、一緒に子育てに奮闘しているうちにだんだんと父親の顔になってきていた。仕事で関わる時間が少ない分、その隙間を埋めるように一緒にいるときはべったりだ。

グレースはそんな二人を見るのが大好きだった。

「その日は、本当は両親たちだけで出かける予定だったのに、私も一緒に行きたいって我儘言ったの。そうしたらあんなことに……。私が怪我だけで済んだのはきっと奇跡ね。何がどうなって助かったのか分からないけれど、いつも考える。亡くなった二人と生き残った私、何が違ったのだろうって」

それは奇跡と呼ぶべきなのか、それとも偶然と片づけるべきなのか。その答えはいまだにグレースの中では出ていない。

今までずっと、あの日の話を誰かにすることはなかった。傷口を抉るような気がして辛い。そう思ったから固く口を閉ざしていたのだが、今はユージーンに聞いてほしいと思っている。

彼に話すことで一つ一つの思い出を昇華できるような、そんな気がするのだ。

「私は何故か事故現場から救い出されて、近くの民家の前まで運ばれていたの。誰かが私を助け出してあそこに置いたんじゃないかって。足に応急処置がされてあったから」

「覚えていないのか？」

「うん、全然。馬車が襲われて、それから逃げるように走っていって突然身体が宙に浮いたような感覚に陥って。気が付いたら病院のベッドの上だった」

助け出し手当てをしてくれた人を探したが、名乗りを上げる人は誰もいなかった。

「その恩人にお礼を言いたいけれど、でも当時はちょっと気が引けてしまって。せっかく手当てしてくれたのに、障害が残ってしまったことを告げるのも申し訳ないなって……」

「…………そんなことはないだろう」

「うん。逆にそんな卑屈な考えは失礼だって今は思ってる。できれば、貴方のおかげで命が救われましたって、心の底からお礼を言いたい。今ある幸せは、貴方のおかげですって」

こうやって再び家族をつくれたのも、生きていたからこそだ。ユージーンと結婚してから、日増しにその想いが強くなっていっている。だからこそ、誰とも分からぬ恩人に会いたいのだとユージーンに言うと、彼は何故か泣きそうな顔をして微笑んだ。

アイヴィーがグレースの腕から逃れて、花畑に飛び出そうとしている。ユージーンが『いろいろと話したいことがあるだろう』と気を利かせてくれ、彼女の後を追っていった。

その気遣いに感謝をしながら、墓の前に敷いた布に座った。

「……お父様、お母様。久しぶりね」

昔は毎日のようにここに来て、物言わぬ墓に語りかけていた。それは突然の別れを受け入れられず、心の整理をするためだった。それに、孤独を癒すためでもあったのだ。

でも今日は、寂しさを埋めるために来たわけではない。二人を安心させるために、やってきたのだ。

「――私ね、今凄く幸せよ」

ここでそう言える日がやって来たことが嬉しい。

結婚して、子どもが生まれて、家族に囲まれて。そんな普通の幸せを得られた喜びは、きっといくら言葉にしても足りないほどだろう。

だから、すべての気持ちを込めて伝えよう。

「ありがとう」

これからも前を向いて歩いていく。

番外編

暗殺人形は愚かな夢に揺蕩う

グレースはまた両親に話しかけているのだろう。墓前に座り懸命に言葉をかけるその後ろ姿に、ユージーンの心は自ずと過去へと引き寄せられていった。

何を話しかけているかは分からないが、今なら物言わぬ墓に話しかける彼女の気持ちが分かるような気がする。返事がなくとも、頭のどこかで聞こえるはずがないと分かっていながらも、儚くなってしまった人の残滓を掘り起こすように話しかけるのだ。

己の気持ちを整理するように、故人を懐かしむように。

だが、もしも自分がグレースを失ったとき、アイヴィーを失ったとき、同じように穏やかな気持ちで墓前に立てる自信はない。慟哭し、その骸すらも土に還してなどやるものかと腕に抱いて離さないだろう。狂おしいほどの激しい感情に苛まれて、自分でも何をするか分からない。

あんな穏やかにはいられない。

――グレースは喪失の哀しみを一人でどうやって乗り越えたのだろう。

墓前に立つということは死を認めたということだ。最愛の人がこの世にいないという現実と、幸せであったはずの未来をも奪われてしまったという悲憤と。すべてを呑み込み消化してあそこに立っているのだろうか。

彼女の強さには驚かされる。

昔からそうだった。

その強さはときに皆を魅了し、ときに安堵を与え、そして……危うさを思わせる。献身的で、ある意味自己犠牲的な。けれども未来を信じて歩む力強さ。

ユージーンとは似ているようでまた異なる強さがあるのだ。

「ぱぁぱ?」

舌ったらずにユージーンを呼ぶアイヴィーの声。

屋敷の玄関前で、何も言わずに眉根を寄せて立ち尽くす父親にどうしたのかと問いかけてくる。

ユージーンが顔を和らげてアイヴィーを見ると、彼女は屈託のない笑顔を返してくる。そしてぎゅっと首に手を回し抱き着いてきた。

その存在の重さを噛み締めながら頬を寄せる。

先ほど、グレースは言った。あのとき生きているから、この幸せがあるのだと。

その言葉に、この胸に秘める罪悪感が疼き出した。

グレースと両親の墓と、その三人が過ごしたガーランド邸と。幸せであった頃の思い出が残るこの地に自分が足を踏み入れることが許されるのか、正直分からない。


——誰にも話していないことがある。

今までもこれからも、ユージーンの中だけに秘めておく記憶。

もう知る人は誰も生きてはいない、遠い昔の話だ。

◇◇◇

今から五年前。

正妃派と即妃派の戦いは混迷を極め、王都ではさらに混乱を招くように爆発が起きていた頃。

当時、カーマイン公爵はディアークを御旗に、本格的に全面対決に挑もうとしていた。正妃派の戦力がマルクトの盾により削がれ、好機だと睨んだのだろう。

マルクトの盾の存在をディアークに明かしたのもその頃だった。

「お前の駒たちだ」

そうカーマイン公爵に紹介されたディアークの顔は、明らかに戸惑いを孕んでいた。数人にも及ぶ若い男たちを目の前に、これから如何様にも使ってくれと言われて、言葉なく息を呑む。

「お前のためならば命をも惜しくない連中だ。私がそのように育てた。なに、気兼ねすることはない。皆、お前のためにこの命を投げ出すと誓っている。今ここで死ねと言われても喜んで死ぬ者たちだ」

ユージーンたちはカーマイン公爵の言葉に、静々と頭を下げた。それが自分たちの存在価値なのだと示すように。その教えは自分たちの中で血肉になっているのだと言うように。

ところが、ディアークは顔を歪ませ、見るに堪えないと言うように顔を逸らす。

誰かをまるで使い捨てのように扱うことに、嫌悪すら見え隠れしたのだ。

やはりその懸念は当たっていたようで、ディアークはマルクトの盾の者を駒ではなく戦友のように扱っているそうだ。そのときユージーンはまだ彼と直接接触をしたことがなく、側で仕事をするようになった連中が口にする。

それは今まで受けてきていた教えとは反するものだ。ディアークの生温いやり方では王位を王妃派から奪い取るなどできないと考える者までいた。あくまで自分たちは使い捨てのできる手足であり、そのくらいの強固な気持ちを持っていないとこの難局は越えられないと。

ディアークは絶対であると幼少期から教え込まれてきたが、いざ本人を目の前にすると彼の対応に戸惑う者が多いのだろう。今まで自分たちに差し伸べられる手は叱責の鞭だけだったのに、今さら温かな手を向けられてもどうしていいのか分からないのかもしれない。

ディアークは穏健に、カーマイン公爵は急進的に勝利を掴もうとしている。行き着く先は一緒ではあるが手段がすり合わなかったのだ。

ユージーンは正直どちらでもよかった。

ディアークが王になることが絶対的な正義であり、そのための手段はどうだっていい。下される命令にただ従うだけなのだと。

だが、ディアークは甘いと口々に言う者は日に日に増えていった。

そう考えていたのは、彼らだけではない。カーマイン公爵も、彼の慎重さや優しさに危惧を覚えていた。それに賛同し、どうにかせねばと考える者も多かったのだろう。

ディアークのため、王位をその手に掴むためという大義名分の名のもとに。

ある日、ユージーンに指令が下った。

それは古参のメンバーの一人が、耳打ちするように極秘に伝えてきたものだった。

「遺体の確認に行ってくれ。もしも生き残りがいたら始末しろ」

どうやら仕事を任せた若輩が暗殺任務のあとに怖気づいて確認を怠ったらしく、その尻ぬぐいをしろとの命令だった。

「何故俺が。そいつに最後までやらせればいいだろう」

「無理だな。報告を受けた先生が相当お怒りで、今例の部屋で『躾』を受けている」

ちらりと視線を向けた先には、昔から皆が恐れた部屋がある。中途半端なことをした若輩は、そこで己の行いを反省させられているのだろう。心身に叩きつけるような教えを受けているはずだ。

ユージーンは面倒くさそうに溜息を吐く。何故自分が任務をまともにこなせない奴の尻ぬぐいに走らなければならないのか。

あまり気が進まないままに、誰の遺体を確認すればいいいと問う。

「――ガーランド伯爵夫妻だ」

その名を聞いて、内心驚いた。ガーランド伯爵はディアークと懇意にしており、敵にはなり得ない人物だったと記憶している。それなのに何故、暗殺命令が出ていたのか。

率直な疑問をぶつけると、返って来たのは理不尽な答えだった。

「ディアーク様を焚き付けるためだ。身近な人間が殺されればさすがに考えを変えるだろうと、カーマイン公爵のお達しだ」

何ともえげつない考えだと、顔を顰めそうになったのを寸でのところで耐えた。そこには正義も信念もない、ただディアークを操りたいだけの身勝手さが暴走した結果だろう。

だが、カーマイン公爵が考えそうなことだとも納得できる。あの人の王位への執念は、ディアークよりも強い。道理や慈悲などもうとうの昔に棄て、その崇高な目的のために何を犠牲にしても構わない。

それがたとえ、孫の良心であったとしても。

「了解した」

ユージーンは素っ気なく答えて、すぐに出立した。

腑に落ちないところがあるが、自分には考える必要はないのだと切り捨てた。どうせあれこれ考えても無意味だ。

何をどう考えたところで、賽は投げられた。自分にできることは、その後の采配が順次上手くいくようにと誰にも知られないように動くだけだ。

現場に辿り着き、馬車が滑り落ちた崖の上から下を覗き込む。

しとしとと雨が降っていて視界が不明瞭だったが、たしかに滑落した跡と、遠くに馬車の残骸が見えた。

ユージーンは馬車のところまで道を探して下りていき、残骸の中から人を探した。

馭者は馬の下敷きになってこと切れていた。その周りに壊れた客車部分が散乱し、何人か人が倒れている。あれがおそらくガーランド伯爵一家だろうとそちらに近寄り、顔を確認するために邪魔な瓦礫を退かした。

そのときだ。

小さな手が、ユージーンの手を掴んできた。

驚いて振り返ると、瓦礫の中から上半身を覗かせた若い女性がそこにいたのだ。

年のころは十代。おそらくガーランド伯爵の長女、グレースだろう。

彼女も巻き込まれたことは聞いていなかった。もしかすると何かしらの理由で予定外に馬車に乗っていたのだろうか。

しかし、この高さで落下して生きているとは奇跡に近い。生存者はいないと思っていたので、完全に油断をしていた。

――始末しなければ。

自分の使命を思い出し、懐のナイフに手をかけた。

「…………あの……お願いが、あります……」

今にも消え入りそうな声で、グレースは訴えかけてくる。

これから消える人間の願いを聞き届ける義理はない。そう思ったが、この任務に理不尽さも感じていたユージーンは思わず耳を傾けた。

彼女の声は弱々しく、今にも消え入りそうだった。

ひゅー……ひゅー……と苦しそうな呼吸音も聞こえてくる。

「……皆……大丈夫か、……見て……いただけま……せんか？」

「馭者はもう死亡を確認した」

「……そ、う……ですか……。なら、……両親も……お願いできますか……？　先ほどまで……声をかけつづけて……返事があったのですが……聞こえなくて……どうなったか。……できれば、先に……二人を……たすけ……おねがい……」

途切れ途切れの声は必死に両親の助命を乞うていた。自分も酷い状況だろうに、何よりもそちらを優先してほしいと。

『お願いします』と言うように、ぎゅっと手を握り締められた。

顔を上げて全体を見回す。

どうやら彼女は地面に落下した際、座席部分が衝撃を受け止めてくれたので命を取り留めたようだが、その後に雨と落下の衝撃で崩れてきた土砂や木に、下半身を押し潰されて動けない様子だった。

同じように客車の下敷きになっているのはおそらく母親だろう。少し離れたところに血を流して倒れているのが父親のガーランド伯爵だ。

どうせ生存確認をするついでだと、グレースに頷く。すると彼女は安心したかのように微笑んで、握っていた手を離した。

その離された手にふと違和感を覚える。密かに首を傾げて己の手を見つめた。

はっきりとした原因は分からないし、どう違和感があるのか説明ができないが、どことなく指先が冷たくなったような気がしたのだ。雨のせいで体温が奪われているのだろうか。

まずは母親のもとへと行き、彼女の上に乗っている客車の残骸をある程度取り攫う。

元は綺麗な姿をしていたであろう彼女は、泥と雨に塗れて悲惨な姿になっていた。口の端から血を流し、腹には客車の木片であろうものが突き刺さり、見るからに状況は厳しそうだ。

ユージーンは母親の頸動脈に指を添え生死を確認する。

脈は確認できず、呼吸も止まっていた。もう死んでいるとみていいだろうと判断し、薄っすらと開いたままの彼女の目を閉じてやった。おそらく、グレースと話をしている最中に力尽きたのだろう。

一方の父親の方は、即死だったようだ。客車から投げ出され強く地面に叩きつけられたために、脳漿が飛び散り骨もあちこちが折れている。

人の死など見慣れたものだと思っていた。人道や倫理が備わっているはずの心には洞ができ、自分はそれらを失ってしまったのだと。他人どころか自分の生に頓着せず、たとえ死のうとも何も感じない、欠落した人間。

けれども、そんな自分でさえもこの死は理不尽だと思った。

果たして彼らの死に意味はあるのか。逆にディアークを絶望させ、やる気を削ぐのではないか。

そうなったとき、ガーランド夫妻の死は、娘の悲劇は。

（余計なことを考えるべきではないな）

どうやら今日は思考があちらこちらへと散って、考えても栓のないことが頭を過ぎる日らしい。このままであの若輩の二の舞だと、頭を軽く振った。

人はいずれ死ぬ。それが遅いか早いか、病気か事故かそれとも、事件か。運命は人それぞれだろうが、行き着く先は生の終焉。皆等しく骸になるのだ。

グレースのもとへと行き、再び彼女の側にしゃがみ込む。ユージーンの気配を感じて、彼女の目が薄っすらと開いた。

「二人とももうすでに亡くなっている」

真実をはっきりと告げると、彼女は少し放心したように何も言わなかった。だが、唐突に理解できたのか、くしゃりと顔を歪める。

「……そう……ですか……」

頬を濡らすそれが雨なのか、それとも涙なのか。どちらかは分からないが、ただ彼女が両親の死を事実として受け入れようとしているのは分かった。

きっと今は状況が状況なだけに混乱もあるだろう。雨で体温が低くなっているだろうし、下半身が圧迫されているせいで血の巡りも悪く、頭も上手く働いていないかもしれない。

――さて、これからそんな彼女を殺さなければならないのだが。

グレースの顔を見下ろし、どう殺してやったら苦しくないだろうかと考える。このまま放っておいても彼女は死ぬだろう。ここでは発見も遅れるだろうし、雨で低体温になり今にも脈が止まりそうだ。土砂が崩れてくる可能性も否めない。

だが、これ以上苦しみを長引かせるより、いっそのこと一気に絶命させた方がいいだろうか。

そう考えて、彼女の方へと手を伸ばした。

ところが、また。

「──ありが……とう……」

またグレースはユージーンの手を握ってきたのだ。

先ほど冷たくなったはずの指先に体温が戻り、ドクリと心臓がうねりを上げる。

彼女の手だって決して温かくはない。逆に冷えてしまっているのだが、何故か触れられるとユージーンの手に温かみが灯った。

「……ありがとう……ありがとう」

そして、彼女は何度もユージーンにお礼を言う。

これから自分の命を奪おうとしている男に。

両親の命を奪い、彼女にこんな悲惨な目に遭わせた奴らの仲間に。

ユージーンの背中にソワリとしたものが襲ってきて手を離したくなった。だが、彼女が弱々しい力でそれでも必死に握り締めるので、振り払うこともできなかった。

そうしてはいけないと、自分の中の何かが囁く。

「……あの……どうぞ逃げてください。……きっと……土砂が、もっと……流れ込んでくるかも……あなたも……巻き込まれてしまう……あぁ……でも、さんにんの……こともやしきに……つれてかえって……とむらって……わたし……の……」

グレースはうわ言のように取り留めもなく話しているうちに、すうっと流れるように目を閉じた。握っていたその手も突如として力を失くし、ユージーンは思わず離すまいと握り返した。

「おい」

もしかして死んでしまったのだろうかと、脈と呼吸を確認する。どうやら意識を失っただけのようで、ユージーンは小さく溜息を吐いた。

どうしたものかと、泥で汚れたほっそりとした手を見つめる。

こんなに細いのに、しっかりとユージーンの手を握り締め続けていた手を。

今は力をなくして、すぐにでも振り払うことができる、——縋る手を。

(——俺が殺すのか?)

彼女を、この手で。

理不尽に、身勝手に。ディアークの気持ちに発破をかける、その起爆剤にするためだけに、彼女は犠牲になるのだろうか。

今にも死んでしまいそうな自分の命よりも、両親や馭者の身を案じ、そしてユージーンも巻込まれてしまうから逃げろと言った彼女を。果たしてそれは正義の名のもとに行われるとしても、許されることなのか。この暴走に大義はあるのか。

ユージーンには分からない。分からずに迷いを持った。

マルクトの盾に引き取られ、何故自分がこんなにも苦しく辛い思いをしなければならないのか。これは何の意味があるのか。これは正しいことか、このままでいいのか。

幼き頃に叩きのめされ殺されたはずの迷いが、ユージーンの中で甦ってしまったのだ。

（俺は、彼女を殺しても……いいのか？）

自分に問いかけた。カーマイン公爵でもディアークでも先生でもなく、己自身に。

彼女の真っ白な顔が、握り締められた手が、怒涛のように押し寄せてくる感情の波が。ユージーンを突き崩そうとしている。

もう力をなくし、ユージーンが手を緩めればすぐにでも離れてしまう彼女の手。心臓が止まり血が巡らなくなれば肉が腐り、骨もいつしか土に還り、二度と触れることは叶わないだろう。

（……俺は馬鹿か）

それが惜しいと思ってしまうなんて。彼女の手を離したくないと思ってしまうなんて。愚か者で無能で、こんな簡単な仕事もできないなんて生きている意味がない。

けれども、グレースに手を握られたとき、『ありがとう』と感謝されたとき、『逃げて』と身を案じられたとき。ユージーンは、マルクトの盾で番号で呼ばれるだけの駒ではなかった。

遠い昔の孤児院にいた頃の『ユージーン』に、言葉をかけられたような気持ちになったのだ。

まだ人間であった頃の自分に。そんなことあるはずがないと分かっているのに。

それなのに、ユージーンは現に今も、グレースの手を離せずにいる。

命を奪ってしまうことを躊躇い、どうしようもない惑いに手が震えるほどに動揺した。縋るようにまだぬくもりが残る手に額を当てて、答えを問う。

（……あぁ、きっと俺は、躾程度では済まない）

理性的な自分が冷静にそう分析するが、もう止まらなかった。

彼女の息が本当に止まってしまう前に、ここから助け出してやらなければ。

まるで何かに取り憑かれたかのように、必死に土砂と瓦礫を退かしていた。


生存を確認したら始末してこいと言われたのは、ガーランド夫妻だけだった。娘については何も言及されていない。

そんな言い訳も通るわけもなく、ユージーンは任務を放棄した無能だと仲間内で吐き捨てられた。先生は酷く怒り、カーマイン公爵も許しがたいと言っていると散々なじられた。

昔から皆が恐れていた折檻部屋に連れて行かれ、鎖に繋がれる。この部屋で行われることは詳しくは知らされないが、この部屋に入った者の末路は知っていた。

殴られ蹴られ、鞭で叩かれ、焼き鏝を押し当てられ。自分の身体が一歩一歩死に向かって行くのを感じながら、マルクトの盾の教えを一から復唱させられた。

逆らうのは悪、指令をまっとうできないお前は愚劣であり、今回お前がとった行動は恥ずべき行為だ。お前の存在価値は指令をまっとうすることだけにある。それ以上でもそれ以下でもないと。お前は人間ではなく、駒であるのだと。

あぁ、その通りだ。

血反吐を吐き、身体中の痛みに悶え苦しみながらユージーンは、自分の価値を再認識する。

けれども、そんな中でも、グレースを助けたことを後悔はしていなかった。あのときの判断は正しいかと言われれば頷けないが、悔いはないかと問われればはっきりと頷ける。

自分はもう人間ではない。人としての道理も倫理もない。ただあるのはこの肉体と、人形のように無感情で従順な心。あのとき一度取り戻した人間らしい心は、彼女の手の中に置いてきた。

彼女が、『ユージーン』という『人間』がいたと知っていてくれさえいれば、あとはどうでもよかった。グレースが生きている限り、彼女の中でユージーンは人間として残り続ける。

瓦礫と泥の下から引きずり出した彼女の左足は、折れた木が引き裂いたのか大きな傷が走っていた。さらにひしゃげて折れてもいたので回復には時間がかかるだろう。あのとき施した応急措置がどれほど役だったかは分からないが、担いで近くの民家まで運んだときにはまだ息があったので、命は助かるはずだ。

そうであったらいいなと、毎夜、独房の天井近くにある格子の窓の外を眺めて思う。

薄っすらと細い月が見える。ふと、それがグレースの細くて美しい指に見えた。

（……もう一度）

触れてみたい。何故か無性にそう思ってやまない。

きっと叶わない願いだろうけれど、それでも彼女の感触が忘れられずに反芻してしまう。嬲られている最中も、それはユージーンの心の拠り所だったような気がする。

この気持ちのまま殺されるのも悪くはない。

目の前まで迫ってきていた死を見つめ、覚悟を決めたそのときだった。突如としてユージーンが部屋から解放されたのは。

満身創痍の身体のまま部屋から這うようにして出ると、先生がユージーンの髪の毛を掴み蔑んだ目で見下ろしてきた。『指令だ』と吐き捨てるように言われ、ユージーンは腫れて開かない目で彼を見上げる。

「ディアーク様が、グレース・アンバー・ガーランドの護衛を所望だ。俺たちは今から王都侵攻に向けての準備があるから忙しい。無能なお前でも見張りくらいはできるだろう？　——それに下手な言い訳をして守った女だ。お前にお似合いだ」

先生は蔑みの言葉をユージーンに投げつけたつもりだったのだろう。肝心なときに主人の仕えることができず、どうでもいい任務を押し付ける相手には最適だと。

「ガーランドの娘にもディアーク様にも先日の件は伏せておけよ？　口にしても碌なことにはならない。今度こそ役目を果たせ」

突き放すように髪から手を離すと、先生は去っていった。

震えてまともに立てない足に力をいれて、どうにかこうにか立ち上がる。身体中が血だらけで汚らしかったのでそれを清め、手当てもそこそこに出立した。

——気が急く。

早く、早く、グレースが今どうしているか、この目で確かめたい。

もう一度、もう一度。

グレースがいるという病院にようやく辿り着き、彼女の病室が覗ける窓まで忍び寄る。

見つからないようにそっと中を覗き込むと、グレースがベッドの上で眠っていた。

あの薄暗い独房の中で見た、一縷の光がそこにいる。

生きていてよかった。やはり足の怪我が酷いのか添え木で固定され、包帯で巻かれている。髪の毛もあのとき痛めてしまったのか短くなっていた。腕も包帯も、口元のガーゼも痛々しく見ているだけで、胸がざわついて呼吸が浅くなるが、それでも。

それでも生きている姿を見られた喜びがユージーンを支配する。

――あぁ、何だろうこの胸に広がるものは。

体温があがり、じんわりと胸が熱くなる。

あの日握った手のぬくもりが甦り、身体を苛んでいた痛みが徐々に引いていくのだ。不思議なほどに心が穏やかになって、それと同時に自分の中で張りつめていたものがボロボロと崩れ落ちていくような気がした。

――あぁ、何て。

この気持ちを表現したらいいのだろう。

よく分からない感情が取り巻き、支配しようとしている。不可解だが、不快ではない、奇妙なもの。

これが何かは知らない。けれども、それをもっと味わいたくて、グレースを見つめ続ける。

見つめて、見守って。そして君という人を知って。

それだけで、ユージーンの世界は息衝いた。

このままどこかでひっそりと誰に知られるでもなく朽ちても、その死の間際には心穏やかに逝けるだろう。

グレースが生きている。

それだけでユージーンという人間が、この世界に確かに存在した証となるのだ。


（……それだけでいいと思っていたはずなのにな）

自分の手を見下ろして、ユージーンは笑う。随分と昔に比べて、この手は貪欲になったものだと、呆れ返るような感慨深いような何とも言えない心地になる。

いつ死んでもいいと思っていたこの命。でも、今は死ぬのが怖い。

グレースとアイヴィーを残して逝きたくはないと思っているし、二人を喪うのもまた恐ろしくて仕方がなかった。

幸せが増えるたびに恐怖や苦悩も増えていくが、それは人間であるが故なのだろう。ただの人形であれば、知り得なかった感情だ。苦しくて辛くて、それでもそれらを塗り潰すほどの大きくて深い、染み渡るような幸せ。何ものにも代えがたい、ユージーンの生きる意味。

「お待たせ、二人とも」

両親との語らいが終わったグレースが横から声をかけてくる。昔の思い出に浸っていたユージーンは自分の手から目を離し、最愛の妻に目を移した。

「アイヴィー、寝てしまったのね」

いつの間にか腕の中で眠ってしまっていたアイヴィーの寝顔を覗き込み、グレースは愛おしそうに目を細める。その様子を見ていたユージーンも、愛おしさで自然と口元が綻んだ。

「たくさん話せたか？」

「ええ。いろんなことを話してきた。ほとんどが近況報告になってしまったけど。久しぶりだったし、私もいろいろ変化があったから。今とても幸せに暮らしているって伝えられることができて、よかった」

嬉しそうにグレースが微笑むので、ユージーンは堪らず彼女の手を握り締めた。

じんわりとぬくもりが移ってくる。手を伸ばせば届く距離に彼女がいることが、こんなにも幸せだと何度思っただろう。自分がこんな幸せに恵まれていいのかと、後ろめたい気持ちにもなるときもある。

それでも、生涯、グレースの手を握る存在であり続けたいと願う。誰でもない、自分が彼女の幸せの一部となるのだ。

「君の手は、温かいな」

「ユージーンの手も温かいよ」

指と指を絡ませ合い、ギュッと手を握り締める。

寄り添い妻を見つめるユージーンは、家族を愛する幸せな人間だった。

あとがき

初めましての方も、そうでない方も、こんにちは。ちろりんです。

最初に一言。楽しかったです。

このお話を書いている最中、書けば書くほど頭の中がごちゃごちゃになって、何をどこからどう整理していったらいいものかとウンウン唸っておりました。少しずつ頭の中でぐちゃぐちゃに絡まった糸を解いていってどうにかこうにか書き上げたのです。完成したとき、物凄い達成感がありました。このお話を書いてよかったなと思っております。

そして一冊の本として皆様にお届けできたことに、深く感謝しています。

出版者様、担当編集様、機会を与えてくださりありがとうございます。イラストを担当してくださった、なおやみか様。素敵なイラストをありがとうございます。私、グルーバーの、どや顔大好きです。あと表紙の二人の表情がとても艶があり大好きです！

雑談なのですが、最近体質改善のためにコーヒー絶ちとエクササイズはじめました。正直辛いです。コーヒー以外何を飲んだからいいか分からず麦茶飲んでます。エクササイズ？　すぐに三日坊主になりそうです。いえ、頑張ります。

あと、相も変わらず海外ドラマを見ているのですが、今年の三月に某チャンネルが終わってしまいました。私はいったいどこで海外ドラマを見ればいいんだ！　と絶望していたのですが、探してみると案外ありまして。他のチャンネルはだいたい同じようなドラマを何度も再放送したり字幕だったりとあまり好みに合わないなぁと思っていたのですが、改めて見たら多様性に富んでいて何故今まで見ていなかったのかと悔やんでいたくらいです。

しっかり向き合ってみないと、本質は分からないというのは何に関しても言えますね。ドラマ自体もサスペンス中心に医療ものなどしか見ていなかったのですが、これを機にいろんなものを見てみたいと思います。それがまた、物語のアイディアの糧になるといいなぁ。

それではまたどこかでお会いできますように。

ありったけの感謝を込めて。

ちろりん

Mitsuneko Novels

蜜猫 novels をお買い上げいただきありがとうございます。
この作品を読んでのご意見・ご感想をお聞かせください。
あて先は下記の通りです。

〒102-0072　東京都千代田区飯田橋 2-7-3
（株）竹書房　蜜猫 novels 編集部
ちろりん先生 / なおやみか先生

暗殺人形は薄幸の新妻を溺愛する
孤独なひな鳥たちは蜜月にまどろむ

2020 年 9 月 17 日　初版第 1 刷発行

著　者　ちろりん　
発行者　後藤明信
発行所　株式会社竹書房
〒102-0072 東京都千代田区飯田橋 2-7-3
電話　03（3264）1576（代表）
03（3234）6245（編集部）
デザイン　antenna
印刷所　中央精版印刷株式会社

Printed in JAPAN
ISBN978-4-8019-2396-6　C0093
この作品はフィクションです。実在の人物・団体・事件などには関係ありません。